La llamada de Cthulhu

y otros relatos

H. P. LOVECRAFT

TRADUCCIÓN: BENJAMIN BRIGGENT

Décima Cuarta Edición: 2025
Décima Quinta Edición: 2025

Diseño de cubierta: Alejandro Díaz
Maquetación: Saul Rojas

Edita: Plutón Ediciones X, s. l.,

E-mail: contacto@plutonediciones.com
http://www.plutonediciones.com

I.S.B.N anterior: 978-84-15089-56-8

I.S.B.N: 979-13-87692-61-2
Depósito Legal: B-11235-2025

Impreso en España / Printed in Spain

Estudio Preliminar

Howard Phillips Lovecraft vino al mundo en Providence, capital del Estado de Rhode Island (E.E.U.U.). Su padre era un rico comerciante de la plata, metales preciosos y joyería y su madre pertenecía a una rancia estirpe pionera, pues sus ancestros se remontaban casi hasta los peregrinos del Mayflower y su nombre Phillips, era recordado con afecto.

Sea como fuere, sometió a su único hijo (debido a la relativa edad de ambos cónyugues primerizos, pues ya habían cumplido los treinta años) a una disciplina férrea, sobre todo, a partir del fallecimiento de su marido cuando H.P., tenía ocho años, víctima de una crisis nerviosa que se le había desencadenado cinco años atrás.

Además de su apabullante madre, intervinieron en la educación del pequeño, sus dos tías y su abuelo materno (el único que le comprendía) los cuales convivían en su casa familiar.

Así, no es extraño que el pequeño H.P. que había heredado idéntica constitución nerviosa, se evadiera desde muy pequeño de la férula educativa, rodeado por parajes sombríos y apartados para hacer vagar a sus anchas a su desbordante imaginación. Se ensimismaba en la observación de sorprendentes detalles y llenaba el escenario de hadas y personajes sobrenaturales. Su propia madre lo espoleaba a semejantes distracciones, advirtiéndole que no debía jugar con niños de menor categoría social o asegurándole que como era feo, jamás llegaría a triunfar.

La llamada de Cthulhu

Es la pieza básica y fundamental de los *Mitos de Cthulhu*. Se trata del primer texto mayor de su vasta producción. En el relato se refleja con toda nitidez la idea central del pensamiento del autor, su materialismo radical: Dios no existe o ha muerto y el ser humano no ha ocupado su lugar, sino que por el contrario lo hace en uno del Cosmos marginal, miserable y efímero y se encuentra indefectiblemente condenado al aniquilamiento por parte de otras formas materiales superiores. Se trata pues de una abominación del universo hostil en donde nos hemos quedado solos e indefensos ante el peligro, peligro que encarnará un culto secreto a un dios olvidado y extraterrestre: *Cthulhu.*

Escrito en 1926 no fue publicado por vez primera hasta 1928. El vocablo protagonista representa un torpe intento humano de pronunciar la fonética de una palabra totalmente inhumana. Como si el nombre de la horrible entidad fuera inventado por seres cuyas cuerdas vocales no se asemejan a las del hombre, así no tienen nada que ver con las dotes del habla humana. También en el bajorrelieve de la deidad supuestamente hallado, aparece un texto en una lengua desconocida que hace referencia al abominable culto.

Lovecraft juega pues con insuperable maestría a la arqueología científica de ficción y al suspense. En *Cthulhu* como en los demás Mitos de su creación, los seres abominables con frecuencia se sirven de los humanos, el propio *Cthulhu* es venerado bajo distintos nombres por diferentes cultos a lo largo y ancho del globo, como los esquimales de Groenlandia y los practicantes de Vudú de Luisiana. Los adoradores sirven al autor como ayuda en hilo conductor de esta apasionante historia digna del mejor film que reúne todos los ingredientes para atender a ella casi sin pausa, y que ha sido modelo para otras semejantes.

La llamada de Cthulhu
(Manuscrito encontrado entre los papeles del difunto Francis Wayland Thurston[1] de Boston)

Es posible que algo de potencias o seres hayan sobrevivido... hayan sobrevivido a una época infinitamente remota donde... la conciencia se revelaba, probablemente, bajo cuerpos y formas que ya un tiempo atrás se retiraron ante la marea de la ascendiente humanidad... formas de las que solo la poesía y la leyenda han conservado un fugaz recuerdo bajo la denominación de dioses, monstruos, seres míticos de todo género y especie...

Algernon Blackwood

1. El horror en arcilla

No existe en el mundo mayor fortuna, creo, que la incapacidad de la mente humana para relacionar entre sí todos sus contenidos. Vivimos en una isla de plácida ignorancia, rodeados por los negros mares de la infinitud, y no es nuestro destino abordar largos viajes. Las ciencias, que siguen sus propios caminos, apenas han causado considerable daño hasta el presente; pero uno de estos días la unión de esos disociados conocimientos nos enseñará la realidad, y a la débil posición que en ella ocupamos, perspectivas tan terribles que enloqueceremos ante tal revelación, o huiremos de esa funesta luz, resguardándonos en la seguridad y la paz de una edad nueva de las tinieblas. Varios teósofos han sospechado la majestuosa grandeza del ciclo cósmico del que nuestro mundo y nuestra raza no son más que transitorios incidentes. Han mostrado extrañas supervivencias en términos que nos helarían la sangre si no estuviesen enmascarados por un blando optimismo. Pero no son ellos los que me

1 Francis Wayland había sido presidente de la Universidad de Brown en el siglo XIX.

han dado la rápida visión de esos dones prohibidos, que me estremecen cuando los recuerdo, y me llevan a la locura cuando sueño con ellos. Esa visión, como toda temible visión de la verdad, surgió como un relámpago al encajar una unión casual de diversos elementos; en este caso, el artículo de un antiguo periódico y las notas de un profesor ya fallecido. Espero que ningún otro logre ejecutar esta unión; yo, desde luego, si vivo, no incorporaré voluntariamente un solo eslabón a tan horrible cadena. Creo, por otro lado, que el profesor tenía decidido, también, no dar a conocer lo que sabía, y que si no hubiese fallecido repentinamente, hubiera destruido completamente sus notas.

Por primera vez tuve conocimiento del caso en el invierno de 1926-1927, a la muerte de mi tío abuelo, George Gammel Angell, profesor honorario de lenguas semíticas de la Universidad de Brown, Providence, Rhode Island. El profesor Angell era una autoridad reconocida en materia de antiguas inscripciones y a él habían recurrido frecuentemente los conservadores de los museos más destacados. Muchos deben por lo tanto tener en mente su desaparición, acaecida a la edad de noventa y dos años. Los extraños motivos de su muerte aumentaron todavía más el interés local. El profesor había muerto mientras regresaba del barco de Newport, y, según comentan los testigos, después de recibir un empujón de un marinero negro. Este había surgido de uno de los curiosos y sombríos pasajes situados en la falda abrupta de la colina que une los muelles a la casa del difunto, en la Calle Williams. Los médicos, incapaces de encontrar algún desorden orgánico, llegaron a la conclusión, después de un perplejo cambio de opiniones, que el fallecimiento debía atribuirse a una oscura lesión del corazón, causada por el muy rápido ascenso de una cuesta muy empinada para un hombre de tanta edad. En ese entonces no encontré ningún motivo para disentir de ese diagnóstico, pero hoy me inclino a dudarlo... y algo más que a dudarlo.

Como heredero y ejecutor de mi tío abuelo, viudo y sin hijos, era de esperarse que yo revisara detalladamente sus documentos. Llevé con ese propósito absolutamente todos sus archivos y cajas a mi casa ubicada en Boston. El material ordenado por mí será publicado en su mayoría por la Sociedad Norteamericana de Arqueología; pero había una caja que consideré sumamente desconcertante, y tuve siempre la sensación de repugnancia a enseñársela a otros. Estaba cerrada, y no logré conseguir la llave hasta que tuve la ocurrencia de examinar el llavero personal del profesor. Logré abrirla entonces, pero me topé con otro obstáculo mayor y todavía más impenetrable. ¿Qué significado podían tener ese curioso bajorrelieve de arcilla, y esas notas, fragmentos y recortes de viejos periódicos? ¿Se había convertido mi tío, en sus últimos años, en un devoto de las más frívolas imposturas? Resolví buscar al excéntrico escultor que había turbado la paz mental del anciano.

Un basto rectángulo de unos dos centímetros de espesor y de unos treinta o cuarenta centímetros cuadrados de superficie era el bajorrelieve; indudablemente de origen moderno. Los dibujos, por el contrario, no eran nada modernos, ni por su atmósfera ni por lo que sugerían; pues aunque las rarezas del cubismo y el futurismo sean numerosas y extravagantes, no suelen reproducir esa críptica regularidad de la escritura prehistórica. En la mayoría de los dibujos parecía ser ciertamente alguna especie de escritura antiquísima. A pesar de mi familiaridad con los papeles y colecciones de mi tío, no pude identificarla, ni sospechar siquiera algún parentesco.

En cuanto a esos supuestos jeroglíficos, se encontraba una figura de carácter evidentemente representativo, aunque la ejecución impresionista no resultaba fácil de adivinar. Parecía una especie de monstruo, o el símbolo de un monstruo, o una forma que solo una fantasía enfermiza hubiese podido concebir. Si digo que mi imaginación, un tanto singular, se representó a la vez un pulpo, un dragón y la caricatura de un ser humano, no traicionaré el espíritu del dibujo. Sobre un cuerpo escamoso y grotesco, provisto de alas rudimentarias, se elevaba una cabeza pulposa y coronada de tentáculos; pero era el contorno general lo que la hacía más aterradora. Detrás de la figura se vislumbraba una arquitectura ciclópea.

Además de unos cuantos recortes de prensa, las notas que acompañaban a este peculiar objeto, fueron escritas por el profesor mismo y no poseían pretensiones literarias. El documento en apariencia principal se encontraba encabezado por las palabras EL

CULTO DE CTHULHU, escritas detalladamente en caracteres de imprenta para no dar lugar a algún error en la lectura de tan extraño nombre. El manuscrito tenía dos divisiones: una de ellas tenía el siguiente título: "1925, Sueño y obra onírica de H. A. Wilcox[2], Calle Thomas 7, Providence, R.I.", y la otra: "Informe del inspector John R. Legrasse. Calle Bienville 121, Nueva Orleans, a la Sociedad Norteamericana de Arqueología, 1928. Notas del mismo y del profesor Webb". Las otras notas manuscritas eran todas muy breves: relatos de sueños singulares de personas distintas, o citas de libros y revistas teosóficos (principalmente *La Atlántida y la Lemuria perdida* de W. Scott-Elliot), y el resto comentarios sobre la supervivencia de las sociedades y cultos secretos, con referencia a pasajes de tratados mitológicos y antropológicos como *La rama dorada* de Frazer, y *El culto de las brujas en Europa Occidental* de la señorita Murray. Los recortes de prensa se referían básicamente a casos de alienación mental y a crisis de demencia colectiva en la primavera de 1925.

La primera parte del manuscrito principal recogía una historia bastante interesante. Al parecer el 1° de marzo de 1925 un joven de contextura delgada, moreno, de aspecto neurótico y presa de gran excitación, había ido a visitar al profesor Angell con el singular bajorrelieve de arcilla, entonces todavía fresco y húmedo. En su tarjeta se leía el nombre de Henry Anthony Wilcox, y mi tío había reconocido en él al hijo menor de una extraordinaria familia, con la que estaba ligeramente emparentado. Wilcox, que estudiaba dibujo en la Escuela de Bellas Artes de Rhode Island desde hacía un tiempo, y que vivía en el hotel Fleur de Lys muy cerca de esta institución, era un joven precoz de notorio genio, pero bastante excéntrico. Desde su infancia había llamado la atención por las historias y sueños estrambóticos que solía revelar. Se denominaba a sí mismo "físicamente hipersensitivo"; pero la gente seria de la vieja ciudad comercial lo consideraba simplemente como un bicho "raro". No había frecuentado nunca a los de su propia clase y se fue apartando de cualquier actividad social. Actualmente solo era conocido por algunos estetas de otras ciudades. La Asociación

2 La madre de la tatarabuela de Lovecraft se llamaba Hannah Wilcox.

Artística de Providence, deseosa de preservar su conservadurismo, lo había considerado un caso desaprovechado.

En el curso de la visita, decía el manuscrito, el escultor había pedido sorpresivamente la ayuda de los conocimientos arqueológicos de su huésped para lograr identificar los jeroglíficos. El joven se expresaba de un modo fantasioso y descuidado que impedía simpatizar con él. La respuesta de mi tío fue seca, pues la evidente edad de la tableta excluía toda posible relación con las ciencias arqueológicas. La réplica del joven Wilcox, que causó bastante impresión a mi tío como para que la reprodujera palabra por palabra, tuvo ese énfasis poético que caracterizaba sin duda su conversación habitual.

—Es nueva, es cierto —le comentó—, pues la hice anoche mientras soñaba con extrañas ciudades; y los sueños son más viejos que la taciturna Tiro, la contemplativa Esfinge o Babilonia, guarnecida de jardines.

Y empezó a narrar una historia desordenada que, súbitamente, causó en mi tío un recuerdo. El anciano se vio febrilmente interesado. La noche pasada había habido un ligero temblor de tierra —el más considerable de los que habían sacudido Nueva Inglaterra en esos últimos años— que afectó intensamente la imaginación de Wilcox. Ya en cama, y por primera vez en su vida, había visto en sueños unas ciudades ciclópeas de grandes bloques de piedra y gigantescos y técnicos monolitos de un horror latente, que exudaban un limo verdoso. Muros y pilares estaban cubiertos de jeroglíficos, y de las profundidades de la tierra, de algún punto sin concretar, se podía escuchar una voz que no era una voz, sino más bien una sensación indeterminada que solo la fantasía podía convertir en esta unión de letras casi imposibles: *Cthulhu fhtagn*.

Este embrollo de letras fue la clave del recuerdo que alteró y perturbó al profesor Angell. Interrogó al escultor con escrupulosidad científica, y estudió intensamente el bajorrelieve que el joven había estado esculpiendo en sueños, vestido solo con su ropa de dormir, y temblando de frío. Mi tío achacó a su desarrollada edad, dijo Wilcox más tarde, el no reconocer rápidamente los jeroglíficos y el dibujo. Bastantes de sus preguntas le parecieron un poco fuera de lugar a su visitante, especialmente aquellas que trataban de relacionar a este último con sociedades y cultos extraños; y Wilcox no lograba entender por qué mi tío le prometió una y otra vez mantener el silencio si admitía ser parte de una de las tan innumerables sectas paganas o místicas. Cuando el profesor se vio finalmente convencido de que Wilcox ignoraba de verdad toda doctrina o cultos secretos, le pidió constantemente que no dejara de informarle acerca de sus futuros sueños. Este pedido dio sus frutos, pues a partir de esa primera entrevista el manuscrito hace referencia a las visitas a diario del joven y la descripción de asombrosas visiones nocturnas cuyo contenido principal era siempre unas construcciones ciclópeas de piedra, húmedas y oscuras, y una voz o inteligencia subterránea que gritaba una y otra vez, en enigmáticos y sensibles impactos, algo difícil de describir. Se repetían dos sonidos que se sucedían reiteradamente los cuales eran los representados por las palabras *Cthulhu* y *R'lyeh*.

Específicamente el 23 de marzo, proseguía el manuscrito, Wilcox falló a la cita. Una investigación realizada en el hotel determinó que había tenido una fiebre de origen desconocido y que lo habían trasladado a la casa de sus padres, ubicada en la Calle Waterman. En plena noche se puso a gritar, despertando a varios artistas que vivían en el mismo hotel, y desde entonces se había debatido alternativamente entre la inconsciencia y el delirio. Mi tío cogió el telefoneó inmediatamente y llamó a la familia, y desde ese momento siguió de cerca el caso, yendo con frecuencia a la consulta del doctor Tobey, en Thayer Street, médico de cabecera del joven. La mente febril de Wilcox alimentaba, aparentemente, raras imágenes; el doctor se estremeció al hablar de ellas. No solo incluían una repetición de los sueños pasados, sino también una criatura gigantesca "de varios kilómetros de altura" que caminaba o se movía pesadamente. Wilcox nunca la describía por completo, pero las pocas e incoherentes palabras que recordaba el doctor Tobey convencieron al profesor de que aquel era el monstruo que el joven había intentado plasmar. Cuando Wilcox se refería a su obra, añadió el doctor, caía en seguida, invariablemente, en una especie de letargo. Cosa rara, su temperatura no estaba jamás por arriba de lo normal; sin embargo, su estado se parecía más al de una fiebre violenta que al de un desorden mental.

El 2 de abril a las tres de la tarde, la enfermedad desapareció repentinamente. Wilcox se logró sentar en la cama, impresionado de estar en la casa de sus padres, e ignorando totalmente lo que había ocurrido en sus sueños o en la realidad desde el 22 de marzo. Como el médico declarara que estaba curado, a los tres días estaba de vuelta en su hotel. Pero ya no le fue de utilidad alguna el profesor Angell. Junto con su enfermedad se habían desvanecido todos aquellos sueños, y después de escuchar a lo largo de una semana los relatos inútiles e irrelevantes de unas muy comunes visiones, mi tío ya no apuntaba los pensamientos nocturnos del artista.

Aquí justamente finalizaba la primera parte del manuscrito, pero las confusas notas invitaban ciertamente a la reflexión. Solo el escepticismo inveterado que notificaba entonces mi filosofía puede explicar mi constante desconfianza. Las notas expresaban lo que habían soñado varias personas en el mismo período en que el joven Wilcox había experimentado sus peculiares revelaciones. Mi tío, parecía, había planificado rápidamente una extensa encuesta entre casi todos aquellos a quienes podía interrogar sin mostrarse impertinente, solicitando que le contaran sus sueños y le comunicaran las fechas de todas sus visiones notables. Las reacciones habían sido diversas; pero el profesor recibió más respuestas que las que hubiese obtenido cualquier otro hombre sin la ayuda de un secretario. Aunque no conservó la correspondencia original, las notas formaban un exhaustivo y muy significativo resumen. La aristocracia y los hombres de negocios —la tradicional "sal de la tierra" de Nueva Inglaterra— ofreció un resultado casi totalmente negativo, aunque hubo algunos pocos casos de informes de impresiones nocturnas, siempre entre el 13 de marzo y el 2 de abril, período de delirio de joven escultor. Los hombres de ciencia no se sintieron tampoco muy afectados, aunque por lo menos cuatro vagas descripciones sugerían la visión fugaz de extraños paisajes, y uno de ellos atribuía el temor a algo anormal.

Las respuestas más interesantes procedían de artistas y poetas, que si hubieran podido comparar sus notas hubieran sido presas del terror. Ante la falta de las cartas originales, llegué a sospechar que el compilador había estado haciendo preguntas comprometedoras o había deformado el texto de la correspondencia para corroborar lo que había decidido que iba a encontrar. Por esa razón insistí en la creencia de que Wilcox, teniendo cierto conocimiento de algún modo de los viejos documentos reunidos por mi tío, había estado engañándolo. Estas respuestas de los artistas narraban una inquietante historia. Entre el 28 de febrero y 2 de abril gran parte de ellos había tenido sueños muy extraños, consiguiendo su máxima intensidad en el tiempo del delirio del escultor. Una cuarta parte hablaban sobre escenas y sonidos semejantes a los descritos por Wilcox y algunos comentaban su miedo ante una criatura gigante y sin nombre. Un caso, que las notas describían con mucho detalle, era particularmente triste. El sujeto, un arquitecto un tanto desconocido, algo inclinado al ocultismo y la teosofía, se volvió completamente loco la noche que llevaron al joven Wilcox a la casa de sus padres, y murió meses después gritando que lo salvaran de alguna criatura huida del infierno. Si mi tío hubiese conservado los nombres de estos casos, en vez de reducirlos a números, yo hubiera podido hacer alguna investigación personal. Pero, como estaban las cosas, solo pude dar con unos pocos. Todos, sin embargo, corroboraban las notas. Me pregunté insistentemente si aquellos a quienes había interrogado el profesor Angell se habían sentido tan intrigados como este grupo. Nunca les di explicaciones, y es una suerte que haya sido así

Los recortes de prensa, como ya he comentado, trataban de casos de terror, manía y excentricidad, siempre durante idéntico período. El profesor Angell debió de haber empleado una agenda de prensa, pues el número de estos extractos era tremendo, y además procedían de muchos y distintos lugares del mundo. Uno describía un suicidio nocturno en Londres: un hombre había saltado por una ventana después de dar un grito horrible. En una confusa carta al editor de un periódico sudamericano un fanático anunciaba, apoyándose en sus visiones, un futuro apocalíptico. Un despacho de California relataba que una colonia teosófica había comenzado a usar vestiduras blancas ante la proximidad de un "glorioso acontecimiento", que no llegaba nunca, mientras las noticias de la India se referían cautelosamente a una seria agitación de los nativos, ocurrida los últimos días del mes de marzo. Las orgías vudúes se habían multiplicado en Haití, y en África se comentaba de unos cantos misteriosos. Los oficiales norteamericanos radicados en Filipinas habían tenido ciertos nerviosismos en algunas tribus, y en la noche de 22 de marzo los policías de Nueva York habían sido molestados por orientales histéricos. Algunos rumores recorrieron también el oeste de Irlanda, y un pintor llamado Ardois-Bonnot exhibió en 1926, en el salón de primavera de París, un blasfemo Paisaje de Sueño. En los manicomios los desórdenes fueron tan numerosos que solo un milagro logró impedir que el cuerpo médico extrajera curiosas similitudes y obtuvieran precipitadas conclusiones. Colección de recortes un tanto extrañas, de veras; apenas concibo hoy el crudo racionalismo con que los hice a un lado. Pero quedé prácticamente convencido de que el joven Wilcox había tenido noticias de unos sucesos anteriores citados por el profesor.

2. El Testimonio del inspector Legrasse

Los anteriores acontecimientos por los que mi tío diera tanta importancia al sueño del escultor y al bajorrelieve componían el tema de la segunda parte del largo manuscrito. Al parecer, el profesor Angell había observado los odiosos contornos del monstruo anónimo, había meditado sobre los desconocidos jeroglíficos, y había oído las sílabas que solo la palabra Cthulhu podía traducir... Todo esto en circunstancias tan espantosas que no es raro que atosigaran al joven Wilcox con preguntas y ruegos. Esta experiencia anterior había ocurrido diecisiete años antes, en 1908, mientras la Sociedad Norteamericana de Arqueología celebraba su consejo anual, en Saint-Louis. El profesor Angell, por su autoridad y sus méritos, había tenido un rol destacado en todas las deliberaciones, y a él se aproximaron muchos profanos que aprovechaban la ocasión para proponer problemas y aclarar las preguntas que desearon formular.

El más destacado de ese grupo pronto se convirtió en el centro de atracción de todo el congreso. Era un hombre de aspecto muy común, mediana edad, y que había realizado el viaje de Nueva Orleans a Saint-Louis en busca de alguna información que no logró conseguir en su jurisdicción. Su nombre era John Raymond Legrasse y era inspector de policía. Traía consigo el objeto de su viaje: una estatuilla de piedra, repulsiva y grotesca, bastante antigua al parecer, cuyo origen no había logrado identificar.

No debe pensarse que el inspector Legrasse mostrara interés y curiosidad por la arqueología. Todo lo contrario; su pretensión de instruirse tenía como único origen solo razones profesionales. La estatuilla, ídolo, fetiche o lo que fuese, había sido capturada meses antes en los pantanos boscosos del sur de Nueva Orleans, en el transcurso de una redada contra una presunta ceremonia vudú. Tan singulares y odiosos eran los ritos, que la policía comprendió que se hallaba ante un culto totalmente ignorado, e infinitamente más diabólico que los del vudú. Los impresionantes relatos obtenidos por la fuerza a los prisioneros nada revelaron sobre su posible origen. De ahí la necesidad por parte de la policía de consultar a alguna autoridad para identificar así el horrible símbolo, y perseguir las pistas del culto hasta sus fuentes.

El inspector Legrasse no había esperado que su pedido convocara una impresión parecida. La aparición de la extraña estatuilla bastó para excitar a los hombres de ciencia, y pronto todos rodearon al inspector para contemplar de cerca la diminuta figura cuya rareza y aspecto de genuina y ancestral antigüedad abrían perspectivas tan misteriosas y arcaicas. Nadie reconoció la escuela escultórica de la que había nacido la estatua, y sin embargo centenares y hasta miles de años parecían haberse posado en la oscura y verdosa superficie de aquella piedra misteriosa.

La figura, que los miembros del congreso pasaron de mano en mano para evaluarla con más detalle y detenimiento, tenía unas dimensiones de unos veinte a veinticinco centímetros de altura y estaba primorosamente bien trabajada. Representaba un monstruo de contornos vagamente antropoides, pero con una cabeza de pulpo cuyo rostro era una masa de tentáculos, un cuerpo escamoso que sugería cierta elasticidad, cuatro extremidades terminadas en garras enormes, y un par de alas largas y estrechas en la espalda. Esta criatura, que exhalaba una malignidad antinatural, parecía ser de una pesada corpulencia, y estaba sentada en un pedestal o bloque rectangular, cubierto de indescriptibles caracteres. Las puntas de las alas rozaban el borde posterior del bloque, el asiento ocupaba el centro, mientras que las garras largas y curvas de las plegadas extremidades asían el borde anterior y descendían hasta un cuarto de la altura del pedestal. La cabeza de cefalópodo se inclinaba hacia el dorso de las garras enormes que apretaban las elevadas rodillas. El conjunto ofrecía una impresión de vida anormal, más sutilmente terrorífico como consecuencia de la imposibilidad de determinar sus orígenes. Su vasta, pavorosa e incalculable edad era innegable; sin embargo, nada permitía relacionarlo con algún tipo de arte de los albores de la civilización.

El material de la estatua tenía otro misterio. No había nada semejante, en la geología o la mineralogía, a aquella pieza jabonosa, verdinegra, de estrías doradas o iridiscentes. Los caracteres de la base eran igualmente sorprendentes, y ninguno de los miembros del congreso, a pesar de que representaban a la mitad de las autoridades mundiales en esta esfera, pudo descubrir el más remoto parentesco lingüístico. Tanto la figura como el material pertenecían a algo increíblemente lejano, totalmente distinto de la humanidad que conocemos: algo sugería, de un modo terrible, antiguos y profanos ciclos en los que nuestro mundo y nuestras concepciones no habían desempeñado papel alguno.

Y, sin embargo, mientras los miembros del congreso movían la cabeza y se expresaban pocos capaces de resolver el enigma, uno de ellos creyó encontrar algo raramente familiar en la efigie y los jeroglíficos, y al fin, no sin reticencia, confesó lo que sabía. Este hombre era el hoy desaparecido William Channing Webb, profesor de antropología en la Universidad de Princeton y explorador de reputación considerable.

Cuarenta y ocho años antes el profesor Webb recorrió Groenlandia e Islandia en busca de la clave de algunas inscripciones rúnicas que hasta ese momento no había podido descifrar. En la costa occidental de Groenlandia se había topado con una tribu degenerada de esquimales, cuya religión, un culto al diablo, le había impactado por su carácter deliberadamente sanguinario y repulsivo. Era aquella una fe que los otros esquimales ignoraban completamente, y a la que se referían con escalofríos. Databa, decían, de épocas muy antiguas, anteriores al nacimiento del mundo. Junto a ritos anónimos y sacrificios humanos había invocaciones de origen tradicional dirigidas a un diablo supremo o *tornasuk*. El profesor Webb había oído esa invocación en boca de un viejo *angekok*, o brujo sacerdote, y la había conseguido transcribir fonéticamente, hasta donde pudo, en caracteres romanos. Pero lo que ahora era aparentemente importante era el ídolo adorado en ese culto, y alrededor del cual danzaban los esquimales cuando la aurora boreal brillaba muy por encima de los acantilados de hielo. Era, destacó el profesor, un basto bajorrelieve de piedra con una figura espantosa y algunos caracteres misteriosos. Creía recordar que se parecía, por lo menos en todos los rasgos esenciales, a la criatura bestial que ahora llamaba la atención del congreso.

Este relato, que causó intriga y sorpresa a los miembros del congreso, pareció estimular al inspector Legrasse, que aprovechó para bombardear a preguntas al profesor. Habiendo copiado una invocación recitada por uno de los oficiantes del pantano, suplicó al profesor Webb que tratase de recordar las sílabas recogidas en Groenlandia. Siguió una comparación exhaustiva de todos los detalles y un momento de tenso silencio cuando el profesor y el detective coincidieron en la virtual identidad de las frases. He aquí, en sustancia (la división de las palabras fue establecida de acuerdo con las pausas tradicionales observadas por los oficiantes), lo que el brujo esquimal y los sacerdotes de Luisiana habían cantado a sus ídolos:

Ph'nglui mglw'nafh Cthulhu R'lyeh wgah'nagl fhtagn.

Legrasse se había adelantado al profesor Webb, pues varios prisioneros le habían revelado el sentido de esas palabras. Era algo así:

En su casa de R'lyeh el cadáver del Cthulhu aguarda soñando.

Y entonces, respondiendo a una insistente petición general, el inspector relató minuciosamente su experiencia con los fieles del pantano; ahora veo que mi tío originó gran relevancia a esa historia. Poseía una cierta similitud con las ensoñaciones más extravagantes de los teósofos y los creadores de mitos, y revelaba una asombrosa imaginación de carácter cósmico que nadie hubiese esperado entre parias y mestizos.

El 1° de noviembre de 1907 la policía de Nueva Orleans había obtenido una frenética comunicación de la región pantanosa del Sur. Los colonos, gente primitiva, pero pacífica, descendientes en su mayor parte de Laffite, eran presas del pánico a causa de algo desconocido que había invadido la región durante la noche. Se trataba en apariencia de un culto vudú, pero de una especie más terrible que todo lo que ellos conocían. Desde que el malévolo tamtan había comenzado a sonar incesantemente en aquellos bosques oscuros donde nadie se atrevía aventurarse, habían desaparecido varias mujeres y niños. Se habían percibido gritos irracionales, chillidos desgarradores y cantos lúgubres, y unas llamas diabólicas habían danzado en la espesura. Los vecinos, añadía el aterrorizado mensajero, no podían resistirlo más.

Al inicio de la tarde, en las primeras horas del crepúsculo vespertino, veinte policías salieron en dos carruajes y un automóvil, guiados por el aterrado colono. Cuando el camino se hizo difícil para el tránsito, abandonaron los vehículos y durante varios kilómetros chapotearon en silencio a través de los espesos bosques de cipreses donde jamás penetraban los rayos del sol. Raíces tortuosas y nudos malignos de musgo español retardaban la marcha, y de vez en cuando una pila de piedras húmedas o los fragmentos de una pared en ruinas hacían más depresivo aquel escenario que los árboles deformados y las colonias de hongos contribuían a crear. Finalmente apareció un miserable conjunto de chozas, y los histéricos colonos corrieron a agruparse alrededor de las vacilantes linternas. El apagado golpear de los tamtans se escuchaba susurrante a lo lejos, la brisa traía muy de cuando en cuando un chillido que helaba la sangre. Un resplandor rojizo parecía filtrarse por entre el follaje pálido, más allá de las interminables avenidas de la noche selvática. A pesar de su repugnancia a quedarse nuevamente solos, todos los habitantes del lugar se negaron en redondo a avanzar un solo paso hacia la escena del culto maldito, de modo que el inspector Legrasse y sus diecinueve colegas tuvieron que aventurarse sin guías por aquellas negras galerías de horror donde ninguno de ellos jamás había puesto el pie.

La zona en que penetró la policía tenía tradicionalmente pésima reputación, y en su mayor parte no había sido explorada por hombres blancos. Varias leyendas hacían mención a un lago oculto en que se encontraba una colosal y enorme criatura, algo parecida a un pólipo y de ojos fosforescentes, y, según los colonos, unos demonios de alas de murciélago salían a medianoche de sus cavernas para adorar al monstruo. Afirmaban que este estaba allí desde antes que La Salle[3], de los indios, e incluso de las bestias y pájaros del bosque. Era una auténtica pesadilla, y verlo significaba la muerte. Pero se aparecía en sueños a los hombres, y eso bastaba para que estos se mantuviesen a distancia. La orgía vudú se desarrollaba en los límites extremos de aquella abominable área, pero aun así el emplazamiento era bastante siniestro, y eso quizá había aterrorizado a los colonos más que los chillidos o incidentes.

Solo la poesía o la locura podían haber reproducido los ruidos que oyeron los hombres de Legrasse mientras atravesaban pausadamente el sombrío pantano, aproximándose a la luz rojiza y a los sordos tamtans. Hay una cualidad vocal propia de las bestias; y nada más terrible que oír una de ellas cuando el órgano de donde proviene debería emitir otra. Una furia animal y una licencia orgiástica se espoleaban allí hasta alcanzar alturas infernales con gritos y aullidos extáticos que rasgaban aquellos bosques tenebrosos como ráfagas pestilentes surgidas de los abismos del infierno. Los gritos a veces cesaban y lo que aparentemente era un coro de voces roncas entonaba la repugnante salmodia:

Ph'nglui mglw'nafh Cthulhu R'lyeh wgah'nagl fhtagn.

3 La Salle (1643-1687) fue un explorador francés de la zona.

Llegaron, finalmente, los hombres a un lugar en el cual el bosque era menos tupido, y se encontraron de pronto en el lugar mismo de la escena. Cuatro se tambalearon, un quinto perdió el conocimiento, y otros dos lanzaron un grito de horror que, por suerte, fue apagado por el tumulto demente de la orgía. Legrasse roció con agua pantanosa el rostro del hombre desvanecido, y posteriormente todos contemplaron el espectáculo hipnotizados por el horror.

Una verde isla de quizás un acre de extensión, sin árboles y relativamente seca, se alzaba en un claro natural del pantano. Allí saltaba y se retorcía una horda de anormalidades humanas más indescriptibles que cualquiera de las que hubiese podido plasmar un Sime o un Angarola[4]. Sin ropas, esta híbrida muchedumbre bramaba, rugía y se contorsionaba alrededor de una monstruosa hoguera circular. De vez en cuando se abrían las cortinas de fuego y se podía distinguir en el centro un bloque de granito de unos dos metros y medio de alto, en cuya cima, incongruente por su pequeñez, se alzaba la diabólica estatuilla. En diez cadalsos instalados a intervalos regulares en un ancho círculo que rodeaba la hoguera, con el monolito como centro, colgaban con la cabeza hacia abajo los cuerpos horriblemente mutilados de los desgraciados colonos. Dentro de este círculo saltaba y rugía el anillo de fieles, con movimientos de izquierda a derecha en una bacanal sin fin entre el círculo de cadáveres y el círculo de fuego.

Quizás solo fuera la imaginación o tal vez un simple eco, pero uno de los hombres, un impresionable español, creyó escuchar que las invocaciones eran seguidas por unas respuestas antifonales que procedían de un lejano y sombrío lugar, situado en lo más profundo de aquel bosque de horror y leyenda. Este hombre, Joseph D. Gálvez, a quien más tarde encontré e interrogué, era desbordantemente imaginativo. Llegó a decir que había oído el débil golpear de unas grandes alas y que había vislumbrado unos ojos luminosos y una enorme masa blanca detrás de los árboles más lejanos. Pero

4 Sidney H. Sime (1867-1941) Pintor y dibujante británico que sobresalió por ilustrar la obra de Lord Dunsany. Anthony Angarola (1893-1929) pintor e ilustrador de libros estadounidenses.

pienso que se encontraba muy influido por las supersticiones por parte de los nativos.

La pausa de los hombres paralizados fue comparativamente de poca durabilidad. El deber venció pronto todas las vacilaciones, y aunque los celebrantes debían de llegar al centenar, la policía, confiada en sus armas de fuego, irrumpió en medio de la horda. El caos y la trifulca fueron difícil de describir durante alrededor de cinco minutos. Existieron fuertes golpes, disparos y huidas. Pero al final Legrasse pudo contar cuarenta y siete prisioneros, a los que les dio la orden a que se vistieran lo más rápido posible, y que rodeó de policías. Cinco de los celebrantes habían muerto, y otros dos, muy malheridos, fueron transportados por sus cómplices en improvisadas camillas. La imagen del monolito fue sacada con todo cuidado y confiscada por Legrasse.

En la jefatura de la policía, los prisioneros fueron evaluados, después de un viaje agotador, resultando ser mestizos de muy baja extracción, y mentalmente trastornados. Eran en su mayor parte marineros, y había algunos negros y mulatos, procedentes casi todos de las islas de Cabo Verde, que daban un cierto aire vudú a aquel culto heterogéneo. Pero no se necesitaron muchas preguntas para comprobar que se trataba de algo más antiguo y profundo que un fetichismo africano. Aunque degradados e ignorantes, los prisioneros se mantuvieron fieles, con increíble coherencia, a la idea central de su detestable culto.

Veneraban, dijeron, a los Grandes Antiguos que eran muy anteriores al ser humano y que habían llegado al joven mundo desde el cielo. Esos Antiguos se habían retirado ahora al interior de la tierra y al fondo del mar, pero sus cadáveres se habían comunicado en sueños con el primer ser humano, quien dio origen a un culto que nunca fue desaparecido. Este era justamente ese culto, y los prisioneros dijeron que había existido siempre y que siempre existiría, escondido en lejanías desiertas y lugares algo alejados hasta que el gran sacerdote Cthulhu emergiera de su sombría morada en la ciudad submarina de R'lyeh para ser el rey nuevamente en la Tierra. Algún día vendría, cuando los astros ocuparan una determinada posición; y el culto secreto estaría allí, para ser liberado y extendido a toda la faz de la tierra.

De igual manera era indispensable no contar nada más. Se trataba de un secreto que ni la tortura podría arrancarles. La humanidad no era lo único consciente en la Tierra, pues había unas formas que emergían de la sombra para visitar a sus escasos fieles. Pero estas no eran los Grandes Antiguos. Ningún ser humano había visto a los Antiguos. El ídolo de piedra representaba al gran Cthulhu, pero nadie podía decir si los otros eran o no como él. Nadie era capaz de descifrar ahora la ancestral escritura; muchas cosas se transmitían oralmente. La invocación ritual no era el secreto. Este no se expresaba jamás voz alta. El canto significaba: "En su casa de R'lyeh el fallecido Cthulhu aguarda soñando".

Únicamente dos de los prisioneros fueron declarados suficientemente cuerdos y se les ahorcó; el resto fue enviado a diferentes instituciones. Todos negaron haber participado en los crímenes rituales, y afirmaron que los culpables de aquellas muertes eran los Alas-Negras que habían venido hasta ellos desde su refugio inmemorial en el bosque encantado. Pero nada coherente se pudo saber de aquellos aliados misteriosos. Lo que la policía consiguió salió en su mayoría de un viejísimo mestizo llamado Castro, quien pretendía haber tocado puertos lejanos y haber conversado con los jefes inmortales del culto en las montañas de China.

El viejo Castro recordaba fragmentos de repugnantes leyendas que empequeñecían las elucubraciones de los teósofos y hacían de nuestro mundo algo reciente y efímero. En ciclos bastante distantes otros seres habían dominado la Tierra. Habían hecho vida en grandes ciudades, y sus vestigios podían encontrarse todavía —le habían dicho a Castro los inmortales de China— en unas piedras ciclópeas de algunas islas del Pacífico. Habían muerto muchísimo antes de la aparición del ser humano, pero había artes que podrían revivirlos cuando los astros volvieran a ocupar su lugar justo en los cielos de la eternidad. Estos seres, sin duda, provenían de las estrellas y habían traído sus imágenes con ellos.

Estos Grandes Antiguos, siguió Castro, no eran únicamente de carne y hueso. Tenían forma —¿no lo probaba acaso esta imagen estelar?—, pero esa forma no era material. Cuando las estrellas eran propicias viajaban de mundo en mundo a través del cielo;

pero cuando eran desfavorables, no podían vivir. Pero aunque ya no viviesen, no habían muerto en realidad. Yacían todos en casas de piedra en la gran ciudad de R'lyeh, preservada por los conjuros del gran Cthulhu para el día que las estrellas y la Tierra pudiesen estar preparadas y recibir su gloriosa resurrección. Pero entonces alguna fuerza exterior necesitaba ayudar a la liberación de sus cuerpos. Los conjuros que les preservaban de que se descompusieran impedían también que se moviesen, y los Antiguos tenían que contentarse con yacer y pensar en la oscuridad mientras transcurrían incontables años. Sabían todo lo que acontecía en el universo, pues su lenguaje consistía en la transmisión del pensamiento. En aquel instante hablaban en sus tumbas. Cuando, después de un caos infinito, aparecieron los primeros seres humanos, los Grandes Antiguos hablaron a los más sensibles moldeándoles los sueños.

Después aquellos primeros hombres, murmuró Castro, situaron el culto con que se adoraba a los ídolos de los Grandes Antiguos; ídolos traídos de estrellas oscuras en una época nebulosamente lejana. Ese culto no desaparecería hasta que las estrellas fueran nuevamente favorables. Los sacerdotes sacarían entonces al gran Cthulhu de su tumba para que reviviese a sus súbditos y nuevamente asumiera su reinado en la Tierra. Ese tiempo sería fácil de conocer, pues entonces la humanidad se parecería a los Grandes Antiguos: salvaje y libre, más allá del bien y del mal, sin moral y sin ley. Y todos los hombres gritarían y matarían, y disfrutarían sin freno. Los Antiguos, liberados, mostrarían nuevas maneras de gritar y matar y gozar, y el mundo entero ardería en un holocausto de libertad y éxtasis. Mientras tanto, el culto, con ritos apropiados, debía mantener el recuerdo de todos aquellos inolvidables días antiguos y presagiar su regreso.

En los tiempos ancestrales algunos hombres escogidos habían hablado en sueños con aquellos seres, pero después algo había ocurrido. La impresionante ciudad de piedra de R'lyeh, con sus monolitos y sepulcros, se había hundido bajo las olas, y las aguas profundas, con ese misterio originario en que nadie había pensado ni siquiera en penetrar, habían entorpecido esas comunicaciones espectrales. Pero los recuerdos no morían, y los sumos sacerdotes afirmaban que cuando los astros fuesen favorables la ciudad tornaría a emerger. Entonces los viejos espíritus de la Tierra, mohosos y sombríos, surgirían de sus subterráneos y propagarían los rumores recogidos allá, en recónditos fondos del océano. Pero de ellos el viejo Castro no se atrevía a comentar. Se interrumpió repentinamente y ni la persuasión ni la astucia consiguieron arrancarle otras informaciones. Tampoco quiso mencionar, curiosamente, el tamaño de los Antiguos. En cuanto al culto, afirmó que su centro debía encontrarse en los desiertos inexplorados de Arabia, donde Irem, la ciudad de los Pilares, sueña todavía intacta y secreta. No tenía relación alguna con la brujería europea y solo era conocido por sus adeptos. Ningún libro aludía a él, aunque los chinos inmortales decían que en el *Necronomicón* del árabe loco Abdul Alhazred había un sentido oculto que el iniciado podía interpretar de muy distintas formas, específicamente en el tan discutido dístico:

No está muerto quien puede yacer eternamente, y en épocas extrañas hasta la muerte puede morir.

Legrasse, profundamente impresionado, y bastante perplejo había buscado sin éxito las filiaciones históricas del culto. Castro, supuestamente, había dicho la verdad al determinar que era un secreto. Las autoridades de la Universidad de Tulane no pudieron arrojar luz alguna sobre el culto o su ídolo, y ahora recurría a las mayores autoridades y se encontraba nada menos que con el episodio de Groenlandia del profesor Webb.

El interés extraordinario que causó el relato de Legrasse, corroborado por la presencia de la estatuilla, tuvo algún eco en las cartas que intercambiaron después los miembros del congreso; pero casi no hay ninguna cita en el informe oficial. La cautela es preocupación primordial de aquellos que se enfrentan con frecuencia a la charlatanería y la impostura. Legrasse prestó durante un tiempo la estatua al profesor Webb, pero a la muerte de este último le fue devuelta, y está desde entonces en su casa. Allí la he visto no hace mucho tiempo. Es ciertamente algo escalofriante, e indiscutiblemente parecida a la escultura que moldeó en sueños por el joven Wilcox.

No me sorprendió que mi tío hubiese sufrido una alteración con el relato del joven. ¿Qué pudo pensar al saber, ya enterado de la información recogía por Legrasse, que un joven sensible no solo había en sus sueños moldeado la figura y los jeroglíficos de las imágenes del pantano y de Groenlandia, sino que igualmente había oído en sueños tres de las palabras del ritual repetido por los maestros de Luisiana y los diabólicos esquimales? Era lógico que el profesor Angell hubiese comenzado instantáneamente una minuciosa investigación, aunque yo en mi fuero interno sospechaba que el joven Wilcox había oído hablar del culto, y había inventado una serie de sueños para aumentar el misterio ante los ojos de mi tío. El relato de los otros sueños y los recortes coleccionados por el profesor parecían corroborar la historia del joven; pero mi bien fundado racionalismo y la total rareza del asunto me condujeron a alcanzar las conclusiones que estimé más sensatas. De forma que después de estudiar otra vez el manuscrito y comparar las notas teosóficas y antropológicas con la descripción del culto que había realizado Legrasse, decidí viajar a Providence para ver al escultor e increparle el haberse burlado de tal modo de un sabio de tan avanzada edad y experiencia.

Todavía vivía Wilcox, solo, en el Fleur de Lys de la Calle Thomas, espantosa imitación victoriana de la arquitectura bretona del siglo XVII. La fachada de estuco del hotel sobresalía ostentosamente entre las realmente atractivas casas coloniales y a la sombra del más bello campanario georgiano que pudiera verse en Norteamérica. Encontré a Wilcox en sus habitaciones, sumido en su investigación, y comprendí pronto, por las piezas que lo rodeaban, que su genio era profundo y auténtico.

Estoy convencido que durante un tiempo Wilcox figurará entre los grandes decadentes; pues ha cristalizado en arcilla, y reflejará un día en el mármol, esas pesadillas y fantasías evocadas en prosa por Arthur Machen y que Clark Ashton Smith ha hecho muy presentes en versos y pinturas.

Moreno, frágil y de desaliñado aspecto, Wilcox se volvió melancólico y sin abandonar su silla me preguntó qué deseaba. Cuando me presenté, manifestó cierto interés, pues mi tío había agitado su curiosidad al examinar sus sueños extraños, aunque sin expresar las razones de ese examen. Sin sacarlo de su ignorancia, traté prudentemente de sonsacarle.

En poco tiempo me convencí de que era totalmente sincero; hablaba de sus sueños de un modo que nadie podría tergiversar. Esos sueños, y su residuo subconsciente, habían influido profundamente en su arte, y me enseñó una estatua mórbida cuyo modelado me hizo temblar, casi, por la fuerza de su oscura sugestión. No recordaba haber visto el original excepto en el bajorrelieve creado durante un sueño, pero los contornos se habían moldeado bajo sus manos. Era, sin duda, la forma gigantesca de la que había hablado en su delirio. Muy pronto pude comprobar que no sabía nada del culto secreto, excepto salvo lo que el constante interrogatorio de mi tío había dejado inferir, y nuevamente traté de concebir de qué modo podía haber recibido esas impresiones sobrenaturales.

Hablaba de sus sueños de una manera misteriosamente poética, estimulándome ver con terrible claridad la ciudad ciclópea de piedra verde y musgosa —cuya geometría, añadió curiosamente, era totalmente errónea—, y escuché nuevamente otra vez con un temor expectante el subterráneo llamado mental: *Cthulhu fhtagn, Cthulhu fhtagn*.

Esas palabras figuraban en la temible virtud que evocaba el sueño-vigilia de Cthulhu en su bóveda de piedra de R'lyeh, y a pesar de mis racionales ideas tuve una sensación interior de inquietud. Wilcox, era indudable, había oído hablar casualmente del culto, y lo había olvidado pronto en la masa de las lecturas y concepciones igualmente fantásticas. Posteriormente, en virtud de su acusada impresionabilidad de carácter, el culto había encontrado un modo de expresión subconsciente en los sueños, el bajorrelieve de arcilla y la estatua que yo estaba ahora contemplando. De forma que la superchería había sido involuntaria. El joven disponía de unos modales un poco groseros, y un poco vulgares, que me desagradaban de veras; pero yo ya estaba dispuesto a admitir tanto su genio como su honradez. Me despedí cortésmente, y le deseé el mayor de los éxitos que su talento auguraba.

La cuestión del culto siguió fascinándome y de vez en cuando imaginaba poder adquirir un gran renombre indagando su origen y conexiones. Visité Nueva Orleans, conversé con Legrasse y otros de los que habían participado en aquella vieja expedición, examiné la estatuilla y hasta interrogué a los prisioneros que todavía vivían. El viejo Castro, por desgracia, había muerto hacía varios años. Lo que escuché entonces de viva voz, aunque no fue más que una confirmación detallada de los escritos de mi tío, excitó de nuevo mi interés, y tuve la seguridad de estar sobre la pista de una religión muy antigua y secreta cuyo descubrimiento me convertiría en un antropólogo reputado. Mi actitud era todavía totalmente materialista, como quisiera que lo fuese todavía, y por una inexplicable perversidad mental rechacé la coincidencia de los sueños y los recortes recopilados por el profesor Angell.

Hubo algo, sin embargo, que comencé a sospechar y que ahora creo saber: el fallecimiento de mi tío no fue por causas naturales. Se desplomó al suelo en la colina, en una de las estrechas callejuelas que partían de unos muelles donde abundaban los mestizos extranjeros, después del descuidado empujón de un marinero de tez oscura. Yo no había olvidado que los oficiales de Luisiana se distinguían por la mezcla de sangres y sus intereses marinos, y no me hubiera sorprendido conocer la existencia de agujas venenosas y métodos criminales secretos tan faltos de generosidad como aquellas creencias y ritos misteriosos. Legrasse y sus hombres, es cierto, no habían sido molestados; pero en Noruega acaba de morir un marino que veía cosas. ¿No pudieron haber llegado a oídos siniestros las investigaciones realizadas por mi tío después de encontrarse con el escultor? Creo hoy que el profesor Angell murió porque sabía o quería saber demasiado. Es posible que me espere un fin semejante, pues yo también he llegado muy lejos.

3. La locura del mar

Si el cielo decidiese algún día otorgarme un insigne favor, borraría totalmente de mi memoria el descubrimiento que hice, por simple casualidad, al echar una ojeada a una hoja de periódico que recubría un estante. Era un viejo número del *Boletín de Sidney* del 18 de abril de 1925, con el cual no hubiese podido dar en mi jornada de trabajo. Había pasado inadvertido hasta para la agencia de recortes que había estado coleccionando ávidamente durante esas épocas materiales para mi tío. Había yo casi abandonado mis investigaciones sobre lo que el profesor denominaba el "culto de Cthulhu" y me encontraba de visita en casa de un sabio amigo de Patterson, Nueva Jersey, conservador del museo local y mineralogista de fama. Examinando un día los ejemplares de reserva, amontonados en desorden en los estantes de una de las salas del fondo del museo, mi mirada se detuvo en la rara ilustración de uno de los periódicos extendido bajo las piedras. Era una página del *Boletín de Sidney* que he mencionado. Mi amigo tenía corresponsales en todos los países extranjeros imaginables. La imagen era una fotografía en sepia de una odiosa estatuilla de piedra casi igual a la que Legrasse había encontrado en el pantano.

Tras quitar vivamente a la hoja de su precioso contenido, leí el artículo con cuidado y lamenté su brevedad. Lo que sugería, sin embargo, era de extraordinaria importancia para mi ya vacilante búsqueda. Recorté cuidadosamente la noticia con el propósito de ponerme en seguida en acción. He aquí lo que decía:

El rescate de un misterioso barco a la deriva en alta mar

El Vigilant llegó arrastrando a un yate neozelandés armado. Una persona fallecida y otra sobreviviente a bordo. Comentan combates furiosos y muertes en alta mar. Marinero rescatado se opone a explicar con detalles la misteriosa experiencia. Ídolo extraño hallado en su poder. Se dará inicio a una investigación.

El carguero *Vigilant* de la compañía Morrison, que viene de Valparaíso, llegó en horas de esta mañana a su puesto de amarre en la Bahía de Darling arrastrando al yate *Alert* de Dunedin N.2 con serias averías, pero dotado todavía de un poderoso armamento. El yate fue avistado el 12 de abril a los 34°21' de latitud sur, y a los

152°17' longitud oeste, con una persona fallecida y otra sobreviviente a bordo.

El *Vigilant* zarpó de Valparaíso el 25 de marzo, y el 2 de abril fue desviado considerablemente de su curso, en dirección sur, como consecuencia de increíbles tormentas y gigantescas olas. El 12 de abril avistó el buque a la deriva. En apariencia había sido abandonado, pero luego descubrió que llevaba un sobreviviente en estado de delirio, y un hombre muerto por lo menos desde hacía una semana.

El sobreviviente apretaba entre sus manos una espantosa pierda de origen desconocido, de unos treinta centímetros de alto, cuyo origen los profesores de la Universidad de Sidney, la Sociedad Real y el museo de la Calle College no pudieron determinar, y que el hombre aseguraba haber descubierto en la cabina del yate, en una rudimentaria hornacina.

Este hombre, ya recobrado, comentó una historia de piratería y violencia increíblemente extraña. Se trata de un noruego llamado Gustaf Johansen, de cierta cultura, segundo oficial en la goleta *Emma* de Auckland, que zarpó para el Callao el 20 de febrero, con una tripulación de veinte hombres.

El *Emma*, dijo, fue retrasado y alejado considerablemente de su ruta por la tormenta del 1° de marzo, y el 22 del mismo mes a los 49°51' de latitud sur y a los 128°54' de longitud este encontró al *Alert* conducido por una tripulación de canacos y mestizos de aspecto patibulario. El capitán Collins no obedeció la orden de virar, y la tripulación del yate abrió fuego sin aviso con una batería de cañones de bronce particularmente pesada.

Los marineros del *Emma*, comentó el superviviente, se resistieron con valentía, y aunque la goleta empezó a hundirse, pues varios proyectiles habían alcanzado la línea de flotación, consiguieron aproximarse al enemigo y lo abordaron poniéndose a luchar en cubierta. Como los tripulantes del yate combatían de un modo primitivo y cruel, tomaron la decisión de aniquilarlos a todos.

Tres de los hombres del *Emma*, incluso el capitán Collins y el primer oficial Gree, fueron muertos; y los ocho restantes, bajo el mando del segundo oficial, Johansen, se pusieron a navegar en la dirección seguida originalmente por el yate, a fin de encontrar por qué motivo se les había ordenado variar la derrota.

El día después, desembarcaron en una islita que no figuraba en ningún mapa. Seis de los hombres murieron allí, aunque Johansen se mostró particularmente reticente a este respecto y dijo que habían caído en un abismo abierto entre las rocas.

Un poco más tarde, al parecer, Johansen y sus compañeros regresaron al yate y trataron de hacerlo navegar, pero fueron vencidos a causa de la tormenta del 2 de abril.

Desde ese día hasta el 12 de abril, fecha en que fue recogido por el *Vigilant*, Johansen no recuerda nada, ni siquiera cuándo murió su compañero William Briden. La muerte no se debió aparentemente a otra causa que a la excitación.

Cables procedentes de Dunedin informan que el *Alert* era muy conocido como barco de carga y tenía pésima reputación. Pertenecía a un curioso grupo de mestizos cuyas frecuentes incursiones nocturnas a los bosques atraían no poca curiosidad. Después de la tormenta y los temblores de tierra del 1° de marzo se había hecho a toda velocidad a la vela.

Nuestro corresponsal en Auckland afirma que el *Emma* y sus tripulantes gozaban de una excelente reputación y que Johansen es un hombre digno de toda confianza.

El almirantazgo va a iniciar una investigación sobre lo acontecido, durante la cual se tratará de convencer a Johansen para que hable con mayor detalle.

Esto era todo, además de la diabólica imagen de la fotografía, ¡pero qué pensamientos despertó en mi mente! Estas nuevas y preciosas noticias acerca del culto de Cthulhu probaban que este tenía fieles seguidores tanto en el mar como en la tierra. ¿Qué causa había impulsado a la híbrida tripulación a ordenar el regreso del *Emma* mientras navegaban con su ídolo? ¿Qué isla desconocida era aquella en que habían muerto seis de los tripulantes, acerca de la cual el contramaestre Johansen se mostraba tan reticente en hablar? ¿Qué resultado había tenido la investigación del almirantazgo y qué se sabía del odioso culto en Dunedin? Y lo más extraordinario, ¿qué profunda y natural relación de hechos era esta que daba una significación maligna e innegable a los acontecimientos tan cuidadosamente registrados por mi tío?

El 1° de marzo —el 28 de febrero de acuerdo con el huso horario internacional— se habían tenido lugar una tormenta y un terremoto. El *Alert* y su repulsiva tripulación habían dejado rápidamente Dunedin como obedeciendo un imperioso llamado, y en el otro extremo de la Tierra poetas y artistas habían comenzado a soñar con una ciclópea ciudad submarina mientras un joven escultor modelaba, en sueños, la forma del temido Cthulhu. El 23 de marzo la tripulación del *Emma* desembarcaba en una isla desconocida, perdiendo allí seis hombres; y en esa misma fecha los sueños de algunas personas alcanzaron su mayor intensidad y se oscurecieron con el terror de un monstruo infernal e inmenso, mientras un arquitecto se volvía loco y un escultor caía presa del delirio. ¿Y qué pensar de esa tormenta del 2 de abril, fecha en que cesaron todos los sueños de la ciudad sumergida, y Wilcox salió indemne de aquella fiebre misteriosa? ¿Qué pensar igualmente de aquellas alusiones del viejo Castro a los Antiguos venidos de las estrellas y a su reino próximo, y a su culto, y a su gobierno de los sueños? ¿Estaba tambaleándome en el borde de un abismo de horrores cósmicos, insoportables para un ser humano? En todo caso no afectaron sino a la mente, pues el 2 de abril puso término de algún modo a la monstruosa amenaza que había asediado el alma humana.

Aquella tarde, después de haber pasado el día enviando telegramas y llevando a cabo apresurados preparativos, me despedí de mi anfitrión y cogí un tren para San Francisco. En menos de un mes llegué a Dunedin, donde, sin embargo, descubrí que se sabía muy poco de los extraños miembros del culto que habían vivido en las tabernas marineras. El vagabundeo en los muelles era asunto demasiado generalizado, y no valía la pena mencionarlo; pero algo oí a propósito de una expedición terrestre realizada por estos mestizos durante la cual se escuchó el débil rumor de unos tambores y se pudo ver un fuego rojo a lo lejos en las colinas.

En Auckland pude enterarme de que Johansen estaba de vuelta en Sidney, donde acababa de sometérsele a un absurdo interrogatorio, con el pelo completamente blanco y que después de vender su casita de la Calle West había vuelto con su mujer a su antiguo hogar, en Oslo. De su aventura no dijo a sus amigos más de lo que ya sabían los oficiales del almirantazgo, y todo lo que pudieron hacer fue facilitarme su nueva dirección.

Regresé entonces a Sidney y hablé sin tener resultados con gente de mar y miembros de la corte. Vi el *Alert* en Circular Quay, en la bahía de Sidney, pero nada me reveló su casco. La imagen en cuclillas, de cabeza de pulpo, cuerpo de dragón, alas escamosas y pedestal con jeroglíficos, se conservaba en el museo de Hyde Park. La examiné con detención y descubrí que estaba exquisitamente labrada, y tenía el mismo profundo misterio, terrible antigüedad y sobrenatural rareza de material que la versión más pequeña de Legrasse. Para los geólogos, me dijo el conservador del museo, la estatua era un enigma monstruoso, y juraban que no había en el mundo una roca semejante. Recordé temblando, lo que había dicho el viejo Castro a Legrasse a propósito de los primeros Grandes Antiguos: "Vinieron de las estrellas y trajeron consigo sus imágenes".

Completamente agitado resolví visitar al oficial Johansen en Oslo. A mi llegada a Londres, me reembarqué en seguida para la capital de Noruega, y un día de otoño eché pie a tierra en un limpio desembarcadero, a la sombra del Egeberg.

La casa de Johansen, descubrí, estaba situada en la Ciudad Vieja del rey Harold Haardrada, que había conservado el nombre de Oslo durante los siglos en que la ciudad principal pasara a llamarse de Cristiania. Hice el corto viaje en un taxi y golpeé con el corazón acelerado la puerta de una casa vieja y limpia de frente enyesado. Salió a recibirme una mujer de cara melancólica, vestida de negro, quien me comunicó en un inglés entrecortado que Gustav Johansen no estaba entre nosotros.

No había sobrevivido a su vuelta, pues su aventura marina de 1925 le había afectado enormemente la salud. La mujer no sabía más que el público, pero Johansen había dejado un amplio manuscrito, que trataba de "cuestiones técnicas", escrito en inglés con la intención manifiesta de que su esposa o alguien que casualmente lo leyera no lo entendiese. Mientras paseaba por una callejuela, cerca del muelle de Gothenburg, un fardo de viejos periódicos, salido de la ventana de un altillo, lo golpeó y lo hizo caer. Dos marineros indios lo ayudaron en seguida a levantarse, pero el hombre falleció justo antes de que llegase la ambulancia. Los médicos, sin capacidad de precisar el motivo de la muerte, lo habían atribuido a un problema cardíaco y a un debilitamiento general.

Sentí entonces que un oscuro terror, que no me dejaría hasta que a mí igualmente me fuese acordado el eterno reposo, "accidentalmente" o por otro motivo, me taladraba los huesos. Habiendo convencido a la viuda de que mi conocimiento de esas "cuestiones técnicas" me autorizaba a poseer el manuscrito, me lo llevé e inicié su lectura en el barco que me llevaba a Londres.

Era un sencillo relato, sin orden; un diario de mar redactado de memoria en que se intentaba recoger día a día aquel último y espantoso viaje. No lo transcribiré literalmente a causa de sus oscuridades y repeticiones, pero mi resumen bastará para explicar por qué el rumor de las aguas contra los costados del buque se me hizo tan intolerable que tuve que taponarme con algodones los oídos.

Johansen, gracias a Dios, no tenía conocimiento de todo, aunque había visto la ciudad y el monstruo; pero yo ya no podré dormir en paz mientras recuerde el horror que espera emboscado del otro lado de la vida, en el tiempo y el espacio, y aquellas malditas criaturas que llegaron de los astros más antiguos y que sueñan en las profundidades del mar, conocidas y favorecidas por un culto de pesadilla decidido a lanzarlas sobre nuestro planeta cada vez que algún terremoto vuelva a emerger la monstruosa ciudad de piedra al aire y a la luz del sol.

El viaje de Johansen se había iniciado tal como lo declarara él mismo ante el almirantazgo. El *Emma* había zarpado de Auckland el 20 de febrero, y sintió todo el impacto de esa tempestad provocada por el terremoto que arrancó a los abismos marinos el horror que pobló los sueños de tantos seres humanos. Recobrado el gobierno, el buque navegó favorablemente hasta encontrarse con el *Alert* el 22 de marzo (y sentí la pena del oficial al describir el bombardeo y el hundimiento de su nave). De los mestizos del yate, Johansen hablaba con un horror considerable. Existía algo demoníaco en ellos que hacía que su destrucción pareciese casi un deber, y Johansen expresaba su asombro ante la acusación de crueldad que contra él y sus compañeros hizo la comisión investigadora. Ya en el yate capturado, Johansen y sus hombres, impulsados por la curiosidad, prosiguen viaje hasta avistar un elevadísimo pilar de piedra que emerge del océano, y a los 49°9' de latitud oeste, y 126°43' de longitud sur, se encuentran ante una costa barrosa, y una albañilería ciclópea cubierta de algas que no puede ser sino la sustancia tangible del terror supremo del universo: la ciudad muerta de R'lyeh, construida hace millones de años, antes de los comienzos de la historia humana, por las gigantes y horrorosas criaturas que descendieron desde unos astros desconocidos. Allí yacen el gran Cthulhu y sus compañeros, ocultos en unas bóvedas verdes y húmedas desde donde envían, después de incalculables ciclos, pensamientos que aterrorizan a las gentes sensibles y llaman imperiosamente a los fieles del culto que inicien el peregrinaje de la liberación y la restauración. El oficial Johansen ignoraba todo esto, ¡pero Dios sabe bien que había visto bastante!

Supongo que emergió de las aguas solo la cima de la ciudadela, coronada por un enorme monolito, donde yacía el increíble Cthulhu. Cuando imagino el tamaño de todo lo que puede esconder el fondo del océano, siento necesidad de desaparecer sin aguardarla más. Johansen y sus hombres se sobrecogieron ante la majestad cósmica de esta húmeda Babilonia habitada por demonios primordiales, y debieron sospechar, instintivamente, que no pertenecía ni a este ni a ningún otro planeta similar. En todas las líneas de la estremecida descripción de Johansen se advierte el mismo terror; ante el tamaño indescriptible de los bloques de piedra verde, ante la altura vertiginosa del monolito labrado, ante la asombrosa identidad de esas colosales estatuas y bajorrelieves con la misteriosa imagen encontrada en la sentina del *Alert*.

Sin saber que era el futurismo, Johansen conseguía, al hablar de la ciudad, algo muy parecido a una obra futurista. En lugar de hacer mención a una estructura definida, algún edificio, se reduce a hablar de extensos ángulos y superficies pétreas... superficies demasiado grandes para ser de este planeta, y cubiertas por jeroglíficos e imágenes terroríficas. Menciono estos ángulos pues me hacen recordar los sueños que me contó Wilcox. El joven escultor afirmó que la geometría de la ciudad de sus sueños era anormal, no euclidiana, y que sugería esferas y dimensiones diferentes de las nuestras. Ahora un marino ilustrado tenía ante la terrible realidad la idéntica impresión.

Johansen y sus hombres desembarcaron en la playa de esta monstruosa acrópolis y ascendieron, resbalando, por los gigantescos y musgosos escalones que ningún ser humano hubiera logrado construir. El sol mismo se veía deformado cuando se lo miraba a través de las miasmas polarizadas que emanaban de esta perversión submarina; una amenaza tortuosa acechaba en esos ángulos desconcertantes donde una segunda mirada descubría una concavidad donde se había pensado haber visto la convexidad.

Todos los exploradores, aun antes de observar algo definido (salvo las rocas, los musgos y las algas) tuvieron la sensación de un indefinible terror. Todos habrían escapado si no hubieran temido la burla de los demás, y solo de mala gana se decidieron a buscar —vanamente, como comprendieron más tarde— algo que sirviese de testimonio de sus vivencias.

Rodríguez, el portugués, fue la primera persona en alcanzar la base del monolito y les gritó a los otros lo que acababa de descubrir. Poco más tarde los hombres contemplaron curiosamente una enorme puerta de piedra labrada con el ya familiar bajorrelieve del pulpo-dragón. Se parecía, dice Johansen, a la gigantesca puerta de un granero. Todos vieron allí una puerta, ya que estaba encuadrada en un umbral, un dintel y dos montantes, pero nadie pudo decidir si estaba situada horizontalmente, como la puerta de una trampa, o algo inclinada, como la puerta exterior de un altillo. Como lo hubiese dicho Wilcox, la geometría del lugar era errónea. Resultaba imposible determinar si el mar y el suelo fueran horizontales, de modo que la posición relativa de todo el resto parecía variar fantasmagóricamente.

Briden presionó sobre la piedra en diversos sitios sin resultado. Después Donovan palpó con delicadeza los bordes, apretando separadamente cada punto. Subió con lentitud a lo largo de la grotesca moldura de piedra —puede decirse que subió si se admite que la puerta no estaba al fin y al cabo horizontal—, y los hombres se preguntaron cómo una puerta podía ser tan enorme. Al fin, muy despacio, muy suavemente, la parte superior del panel empezó a inclinarse hacia adentro, y todos vieron que la piedra se balanceaba.

Donovan se deslizó o trepó de alguna manera a través de uno de los montantes, y los hombres se pusieron a observar el curioso retroceso de la puerta descomunal. En este fantástico mundo de deformaciones prismáticas, la piedra se desplazaba anormalmente en diagonal, despreciando todas las leyes de la materia y la perspectiva se veían alteradas.

La abertura mostraba una negrura casi material. Estas tinieblas tenían realmente una cualidad positiva[5], pues ocultaban algunas partes de las paredes interiores que debían ser visibles. Al fin emergió de aquella cárcel milenaria algo así como una humareda que oscureció la luz del sol mientras se elevaba hacia el cielo, empequeñecido y arrogado, con la ayuda de sus alas membranosas. El olor que se desprendía de aquellos abismos recién abiertos era insoportable además de desagradable, y Hawkins, que tenía el oído fino, creyó oír allá abajo un sonido de chapoteo. Todos escucharon, y todos escuchaban todavía cuando el monstruo se hizo visible, babeando y apretando su inmensidad verde y gelatinosa a través de la tenebrosa abertura hasta elevarse pesadamente en el aire corrompido de aquella ciudad de locura.

La escritura del pobre Johansen es casi inteligible en esta parte. De los seis hombres que nunca llegaron al barco, cree que dos murieron simplemente de miedo en aquel instante maldito. El monstruo está más allá de toda posible descripción. No hay lenguaje aplicable a ese abismo de terror inmemorial, a esa pavorosa contradicción de todas las leyes de la materia, la fuerza y el orden cósmicos. Una montaña que caminaba. ¡Dios! ¿Puede extrañar que en el otro extremo del mundo enloqueciese un increíble arquitecto, y que en aquel telepático instante la fiebre devorara al pobre Wilcox? El monstruo de los ídolos, el verde y viscoso demonio venido

5 Expresión que recuerda a Edgar Allan Poe en *La Caída de la Casa de Usher*.

de otros astros, había despertado para reclamar sus derechos. Las estrellas eran otra vez favorables, y lo que un viejo culto no había podido lograr por su voluntad, un puñado de inocentes marineros lo hacía por casualidad. Después de millones y millones de años el impresionante Cthulhu era libre otra vez.

Tres hombres fueron liquidados por aquellas zarpas membranosas antes que nadie tuviese tiempo de volverse. Que descansen en paz, si es que existe algún descanso en el universo. Eran Donovan, Guerrera y Angstrom. Parker resbaló mientras los otros tres sobrevivientes se precipitaban frenéticamente en un escenario infinito de rocas verdosas. Johansen jura que se sintió absorbido hacia arriba por un ángulo que no debía estar allí; un ángulo agudo que se había comportado como si fuese obtuso. De manera que solo Briden y Johansen llegaron al bote, y se dirigieron desesperadamente hasta el *Alert* mientras la montañosa monstruosidad descendía por los escalones de piedra resbaladiza y se detenía, tambaleándose, a orillas del agua.

Todos bajaron a tierra y a pesar de ello, las calderas habían quedado funcionando y bastaron unos pocos segundos de frenéticas corridas entre ruedas y motores para poner en marcha el *Alert*. De manera muy lenta, entre los horrores distorsionados de esa escena difícil de describir, la hélice empezó a golpear las aguas. Mientras tanto, en la costa mortal, sobre aquellas construcciones que no eran de este mundo, el monstruo gigantesco venido de las estrellas emitía unos gritos inarticulados, como Polifemo al maldecir el veloz navío de Odiseo. Inmediatamente, con más astucia que los cíclopes de la leyenda, el gran Cthulhu se introdujo en las aguas e inició la persecución con golpes que levantaron enormes olas. Briden volvió la vista y enloqueció. Desde entonces reía a intervalos hasta que la muerte lo alcanzó en su cabina mientras Johansen deambulaba delirando de un lado a otro.

Pero Johansen había tirado la toalla todavía. Comprendiendo que el monstruo alcanzaría sin duda el *Alert* antes de que la presión llegase al máximo, resolvió intentar algo desesperado, y, acelerando los motores, subió rápidamente a la cubierta e hizo girar el timón. En la superficie de las aguas hubo un remolino espumoso, y mientras crecía la presión del vapor, el valiente noruego dirigió el navío contra aquella montaña gelatinosa que se alzaba sobre las sucias espumas como la popa de un galeón diabólico. La horrible cabeza de pulpo, envuelta en tentáculos, llegaba casi hasta la punta del bauprés[6]; pero Johansen no se amilanó.

Hubo un estallido similar al que hace un globo cuando se está desinflando, un líquido inmundo como el que surge de un hendido pez luna, un pésimo olor que el cronista no se atrevió a describir. Durante un instante una nube verde, acre y enceguecedora, envolvió a la embarcación, y un hervor maligno quedó a popa, donde —Dios del cielo— la esparcida plasticidad de aquella entidad celeste estaba recombinándose y recobrando su forma primitiva, mientras el *Alert* se alejaba más y más, y ganaba velocidad.

Eso fue todo. Desde ese momento Johansen se limitó con divagar sombríamente sobre el ídolo de la cabina y preparar unas pocas comidas para él y su enloquecido compañero, que reía a carcajadas. No trató de dirigir el navío; después de aquel incidente quedaba un gran vacío en su alma. Posteriormente sobrevino la tormenta del 2 de abril, que terminó de nublar su conciencia. Recordaba confusamente infinitos abismos líquidos de espectrales paredes giratorias, vertiginosos desplazamientos por mundos huidizos en la cola de un cometa y saltos convulsivos de las profundidades del mar hasta la luna y luego otra vez hasta el mar, todo envuelto en el coro de carcajadas de las antiguas divinidades y de los verdes demonios del Tártaro, de alas de murciélago.

Después de esas pesadillas vino el rescate, el *Vigilant*, el tribunal del almirantazgo, las calles de Dunedin y el largo viaje de vuelta a la casa natal, junto al Egeberg. Nada podía contar; pasaría por loco. Lo escribiría todo antes de morir, pero su mujer no debería sospechar nada. La muerte sería un alivio solo si eliminaba los recuerdos.

Así rezaba el documento que leí. Lo he guardado en la caja de lata junto con el bajorrelieve de arcilla y los papeles del profesor Angell. Adjuntaré este relato, esta prueba de mi propia cordura

6 Palo grueso más o menos horizontal que, en la proa de los barcos, sirve para asegurar los cabos que sujetan el trinquete.

donde se ha unido lo que espero que nunca vuelva a unirse. He contemplado todo lo que en el universo puede haber de horroroso, y después de eso los cielos de la primavera y las flores del verano me parecerán desde ahora impregnados de veneno. Pero dudo que viva mucho. Como desaparecieron mi tío y el pobre Johansen, así desapareceré yo. Tengo mucho conocimiento y el culto todavía sigue vivo.

Cthulhu existe también, supongo, en ese refugio de piedra que le sirve de abrigo desde que el sol era joven. Su ciudad maldita vuelve a estar sumergida, pues el *Vigilant* navegó por aquel lugar posteriormente a la tormenta de abril; pero sus ministros en la Tierra bailan todavía, y cantan y matan en lugares aislados, alrededor de monolitos de piedra coronados por ídolos. Cthulhu tuvo que haber sido atrapado por los abismos submarinos pues si no el mundo estaría desesperado y preocupado ahora de horror. ¿Quién conoce el final? Lo que ha surgido ahora puede hundirse y lo que se ha hundido puede surgir. La repulsión aguarda y sueña en lo más profundo del mar, y sobre las vacilantes ciudades de los hombres flota la destrucción. Llegará el día... ¡pero no debo ni puedo pensarlo! Pido encarecidamente que si no logro sobrevivir a este manuscrito, mis ejecutores testamentarios cuiden de que la prudencia sea mayor que la audacia y que no permitan que nadie lo lea jamás.

El Horror de Dunwich

Las Gorgonas, las Hidras y las Quimeras —horribles leyendas de Celeno[7] *y las Harpías— pueden reproducirse en el cerebro de la gente supersticiosa... pero ya anidaban allí desde mucho antes. Son transcripciones, modelos... los arquetipos están dentro de nosotros y son eternos. ¿Cómo, si no, podría llegar a trastornarnos el relato de lo que sabemos con toda seguridad que es falso? ¿Será que concebimos naturalmente el terror de tales seres en tanto que pueden infligirnos un daño físico? ¡No, ni mucho menos! Esos errores están ahí persistentes. Se remontan a antes de que existiese el cuerpo humano... sin él, daría lo mismo... El hecho de que el miedo de que tratamos aquí sea puramente espiritual —tan intenso en proporción como sin objeto en la Tierra, y que predomine en el periodo de nuestra impecable infancia— plantea problemas cuya solución puede aportarnos alguna idea verosímil sobre nuestra condición anterior a la creación del mundo y un vistazo, quizás, el tenebroso campo de la preexistencia.*

Charles Lamb, "Witches and Other Night-Fears"[8]

I

Cuando la persona que viaja justo por el norte del estado de Massachusetts tiene una confusión y se equivoca de vía al llegar al cruce de la carretera de Aylesbury nada más pasar Dean's Corners, verá que se adentra en una extraña y solitaria comarca. El terreno se hace más escarpado y las paredes de piedra cubiertas de maleza

7 Celeno, es el nombre de una de las harpías, genios alados que raptaban niños y almas.

8 *Brujas y otros seres nocturnos*, escrito entre 1775 y 1834.

van encajonando cada vez más la sinuosa carretera de tierra. Los árboles de los bosques allí son de un tamaño bastante grande, y la maleza, las zarzas y la hierba logran una frondosidad rara vez vista en las regiones habitadas. Por el contrario, los campos cultivados son extraordinariamente escasos y áridos, mientras que las pocas casas diseminadas a lo largo del camino presentan un sorprendente aspecto uniforme de vejez, suciedad y ruina. Sin saber exactamente por qué, uno no se atreve a solicitar nada de las arrugadas y solitarias figuras que, de cuando e cuando, se divisan desde puertas medio derruidas o desde pendientes y rocosos prados. Esas gentes son tan silenciosas y hurañas que uno tiene la impresión de verse frente a un recóndito enigma del que más vale no intentar averiguar nada. Y ese sentimiento de extraño desasosiego se recrudece cuando, desde un alto del camino, se divisan las montañas que se alzan por encima de los frondosos bosques que cubren la comarca. Las cumbres tienen una forma bastante redondeada y simétrica como para imaginar una naturaleza tranquila y normal, y a veces pueden verse recortados con singular nitidez contra el cielo unos extraños círculos formados por altas columnas de piedra que coronan las cimas montañosas, en su gran mayoría.

El camino se encuentra interrumpido por barrancos y gargantas de una profundidad indefinida, y los toscos puentes de madera que los salvan no dan gran seguridad al viajero. Cuando el camino inicia la bajada, se atraviesan terrenos pantanosos que despiertan instintivamente una honda repugnancia, y hasta llega a invadirle al viajero una sensación de temor cuando, al ponerse el sol, invisibles chotacabras comienzan a lanzar estridentes chillidos, y las luciérnagas, en anormal profusión, se aprestan a danzar al ritmo bronco y atrozmente monótono del horrísono croar de los sapos o ranas. Las angostas y resplandecientes aguas del curso superior del Miskatonic[9] adquieren una extraña forma serpenteante mientras discurren al pie de las abovedadas cumbres montañosas entre las que se origina.

A medida que el viajero se va aproximando hacia las montañas, pone más atención en sus frondosas vertientes que en sus cumbres coronadas por altas piedras. Las vertientes de aquellas montañas

9 Rio de nombre indio con el significado de lugar de la montaña roja.

son tan escarpadas y sombrías que uno desearía que se mantuviesen lejos, pero tiene que seguir adelante pues no hay camino que permita eludirlas. Pasado un puente cubierto puede verse un pueblecito que se encuentra agazapado entre el curso del río y la ladera cortada a pico de Round Mountain, y el viajero se maravilla ante aquel puñado de techumbres decrépitas de estilo holandés, que hacen pensar en un período arquitectónico anterior al de la comarca vecina. Y cuando se aproxima más no resulta relajante comprobar que el gran número de casas están desiertas y medio derruidas y que la iglesia —con el chapitel quebrado— alberga ahora el único y destartalado establecimiento mercantil de toda la aldea. El simple paso del tenebroso túnel del puente infunde ya cierto temor, pero tampoco hay forma alguna de evitarlo. Una vez atravesado el túnel, es difícil que a uno no le asalte la sensación de un ligero asqueroso y desagradable olor al pasar por la calle principal y ver la descomposición y la mugre acumuladas a lo largo de siglos. Siempre resulta reconfortante salir de aquel lugar y, siguiendo la estrecha carretera que discurre al pie de las montañas, cruzar la llanura que se extiende una vez traspuestas las cumbres montañosas hasta volver a desembocar en la carretera de Aylesbury. Una vez allí, es posible que el viajero se percate de su paso por Dunwich.

Casi no se ven forasteros en Dunwich, y tras los horrores padecidos en el pueblo últimamente todas las señales que indicaban cómo llegar hasta él han desaparecido del camino. Sin embargo no deja de ser una región de singular belleza, según los cánones estéticos en boga aunque no atrae para nada a artistas ni a veraneantes. Hace dos siglos, cuando a la gente no se le pasaba por la cabeza reírse de brujerías, cultos satánicos o extraños seres que poblaban los bosques, ofrecían válidas razones para evitar el paso por la localidad. Pero en los racionales tiempos que corren —silenciado el horror que se desató sobre Dunwich en 1928 por quienes procuran por encima de todo el bienestar del pueblo y del mundo— la gente evita el pueblo sin saber exactamente la principal causa. Quizá la razón de ello radique —aunque no puede aplicarse a los forasteros mal informados— en que los naturales de Dunwich se han degradado de forma harto repugnante, habiendo rebasado con mucho esa senda de regresión tan común a muchos apartados rincones de Nueva Inglaterra. Los vecinos de Dunwich han llegado a constituir un tipo racial propio, con estigmas físicos y mentales de degeneración y endogamia bien definidos. Su nivel medio de inteligencia es deplorablemente bajo, mientras que sus anales recogen un apestoso tufo a perversidad y a asesinatos semiencubiertos, a incestos y a infinidad de actos de innominable violencia y perversidad. La aristocracia local, representada por los dos o tres linajes familiares que vinieron procedentes de Salem en 1692, ha conseguido mantenerse algo por encima del nivel general de depravación, aunque numerosas ramas de tales linajes acabaron por sumirse tanto entre la sórdida plebe que solo restan sus apellidos como recordatorio del origen de su desgracia. Algunos de los Whateley y de los Bishop continúan todavía enviando a sus primogénitos a Harvard y Miskatonic, pero los jóvenes que se van rara vez vuelven a las semiderruidas techumbres de estilo holandés bajo las que tanto ellos como sus antepasados nacieron y crecieron.

Nadie, ni tan solo quienes saben las causas por los que se desencadenó el reciente horror, puede decir qué le sucede a Dunwich, aunque las ancestrales leyendas remiten a idolátricos ritos y cónclaves de los indios en los que invocaban misteriosas figuras provenientes de las grandes montañas rematadas en forma de bóveda, al tiempo que oficiaban salvajes rituales orgiásticos contestados por estridentes crujidos y fragores provenientes del interior de las montañas. En 1747, el reverendo Abijah Hoadley, recién incorporado a su ministerio en la iglesia congregacional de Dunwich, predicó un memorable sermón sobre la amenaza del Diablo y sus colegas que se cernía sobre la aldea en el que, entre otras cosas, dijo:

No puede negarse que tales monstruosidades integrantes de un infernal cortejo de demonios son fenómenos harto conocidos como para pretender negarlos. Las impías voces de Azazel y de Buzrael, de Belcebú y de Belial, las oyen hoy saliendo de la tierra más de una veintena de testigos de toda confianza. Y hasta yo mismo, no hará más de dos semanas, pude escuchar toda una alocución de las potencias infernales detrás de mi casa. Los chirridos, redobles, quejidos, gritos y silbidos que allí se oían no podían proceder de nadie de este mundo, eran de esos sonidos que solo pueden salir de ignorada simas que solo a la magia negra le es dado descubrir y al diablo penetrar.

No había transcurrido mucho tiempo desde la lectura de este sermón cuando el reverendo Hoadley desapareció sin que se supiera más de él, si bien continúa conservándose el texto del sermón, impreso en Springfield. No había año en que no se oyese y diese cuenta de estrepitosos ruidos en el interior de las montañas, y todavía hoy tales ruidos siguen sumiendo en la mayor perplejidad a geólogos y fisiógrafos.

Otras tradiciones hacen referencia a fétidos olores en las cercanías de los círculos de rocosas columnas que coronan las cumbres montañosas y a entes etéreos cuya presencia puede detectarse difusamente a ciertas horas en el fondo de los grandes barrancos, mientras otras leyendas tratan de explicarlo todo en función del Devil's Hop Yard, una ladera desolada en la que no crecen ni árboles, ni matorrales ni hierba alguna. Por si fuera poco, los naturales del lugar tienen un miedo cerval a la algarabía que arma en las cálidas noches la legión de chotacabras que habita la comarca. Afirman que tales pájaros son psicopompos que están al acecho de las almas de los muertos y que sincronizan al unísono sus pavorosos chillidos con la jadeante respiración del moribundo. Si consiguen atrapar el alma fugitiva en el instante en que abandona el cuerpo se ponen a revolotear acto seguido y prorrumpen en diabólicas risotadas, pero si ven frustradas sus intenciones se sumen poco a poco en el silencio más deprimente.

Por supuesto que dichas historias ya no se oyen y no hay quien crea realmente en ellas, pues datan de tiempos muy ancestrales. Dunwich es un pueblo extraordinariamente viejo, mucho más que cualquier otro en treinta millas a la redonda. Al sur todavía pueden verse las paredes del sótano y la chimenea de la antiquísima casa de los Bishop, construida con anterioridad a 1700, mientras que las ruinas del molino que hay en la cascada, construido en 1806, constituyen la pieza arquitectónica más moderna de la localidad. La industria no arraigó en Dunwich y el movimiento fabril del siglo XIX resultó ser de breve duración en la localidad. Con todo, lo más antiguo son los inmensos círculos de columnas de piedra bastamente esculpidas que se encuentran en las cumbres montañosas, pero esta obra se atribuye generalmente más a los indios que a los colonos. Restos de cráneos y huesos humanos, encontrados en la parte interna de dichos círculos y en torno a la gran roca en forma de mesa de Sentinel Hill, apoyan la creencia de que tales lugares fueron en otras épocas enterramientos de los indios pocumtuk[10], aun cuando muchos etnólogos, obviando la práctica imposibilidad de tan absurda teoría, continúan empeñados en seguir creyendo que se trata de restos caucásicos.

II

Fue en el término municipal de Dunwich, en una granja bastante amplia y parcialmente deshabitada construida sobre una ladera a una distancia de cuatro millas del pueblo y a una media de la casa más próxima, donde el domingo 2 de febrero de 1913, a las 5 de la mañana, nació Wilbur Whateley. La fecha se recuerda porque era el día de la Candelaria, que los vecinos de Dunwich curiosamente celebran bajo otro nombre, y, además, por el fragor de los ruidos que se oyeron en la montaña y por el alboroto de los perros de la comarca que no cesaron de ladrar en toda la noche. Igualmente cabe resaltar, aunque ello tenga menos importancia, que la madre de Wilbur pertenecía a la rama degradada de los Whateley. Era una albina de treinta y cinco años de edad, un tanto deforme y sin el menor atractivo, que vivía en compañía de su anciano y medio enloquecido padre, de quien durante su juventud corrieron los más terroríficos rumores acerca de actos de brujería. Lavinia Whateley no tenía marido declarado, pero siguiendo la costumbre de la comarca no hizo nada por repudiar al niño, y en cuanto a la paternidad del recién nacido la gente pudo —y así sucedió— especular a su antojo. La madre estaba extrañamente orgullosa de aquella criatura de tez morena y facciones de chivo que tanto contrastaba con su enfermizo semblante y sus rosáceos ojos de albina,

10 Una de las siete tribus aborígenes de Massachusetts

y cuentan que se la oyó susurrar innumerables profecías acerca de las increíbles facultades de que estaba dotado el niño y el impresionante futuro que le esperaba.

Lavinia estaba dispuesta a propagar tales cosas, pues de siempre había sido una criatura solitaria quien gozaba con correr por las montañas cuando se desataban espantosas tormentas y que gustaba de leer los voluminosos y añejos libros que su padre había heredado tras dos siglos de existencia de los Whateley, libros que comenzaban a desintegrarse de puro viejos y apolillados. Nunca había ido a la escuela, pero sabía de memoria multitud de fragmentos inconexos de antiguas leyendas populares que el viejo Whateley le había contado.

De siempre habían temido los vecinos de la localidad la solitaria granja a causa de la fama de brujo del viejo Whateley, y la misteriosa muerte violenta que sufrió su mujer cuando Lavinia apenas contaba doce años no contribuyó en nada a hacer popular el lugar. Siempre solitaria y aislada en medio de extrañas influencias, Lavinia gustaba de entregarse a visiones delirantes y grandiosas, a la vez que a singulares ocupaciones. Su tiempo libre casi no se veía reducido por los cuidados domésticos en una casa en que ni los más mínimos principios de orden y limpieza se observaban desde hacía tiempo.

La noche en que Wilbur vino al mundo se percibió un grito horrible, que retumbó incluso por encima de los ruidos de la montaña y de los ladridos de los perros, pero, que se sepa, ni médico ni comadrona alguna estuvieron presentes en su nacimiento. Los vecinos no supieron nada del parto hasta pasada una semana, en que el viejo Whateley recorrió en su trineo el nevado camino que separaba su casa de Dunwich y se puso a hablar de forma incoherente al grupo de aldeanos que concurrían a la tienda de Osborn. Parecía como si se hubiera producido un cambio en el anciano, como si un elemento futuro nuevo se hubiese introducido en su obnubilado cerebro transformándole de objeto en sujeto de temor, aunque, lo cierto, es que no era nadie que se preocupase especialmente por los asuntos familiares. Con todo, mostraba algo de orgullo que últimamente había podido advertirse en su hija, y lo que dijo acerca de la paternidad del recién nacido sería recordado años después por quienes entonces escucharon sus palabras estuvieron atentos a su discurso.

—No me importa lo que opine la gente. Si el hijo de Lavinia se parece a su padre, será bien distinto de cuanto puede esperarse. No hay razones para creer que no hay otra gente que la que se ve por estos lugares. Lavinia ha leído y ha visto cosas que la mayoría de vosotros ni siquiera sois capaces de imaginar. Espero que su hombre sea tan buen marido como el mejor que pueda encontrarse por esta parte de Aylesbury, y si supierais la mitad de cosas que yo sé no desearíais mejor casamiento por la iglesia ni aquí ni en ninguna otra parte. Escuchad bien esto que os digo: algún día oiréis todos al hijo de Lavinia pronunciar el nombre de su padre en la cumbre de Sentinel Hill.

Las únicas personas que vieron a Wilbur durante el primer mes de su vida fueron el viejo Zechariah Whateley, de la rama todavía no degenerada de los Whateley, y Mamie Bishop, la mujer con quien vivía desde hacía años Earl Sawyer. La visita de Mamie obedeció a la simple curiosidad y las historias que contó confirmaron sus observaciones, en tanto que Zechariah fue por allí a llevar un par de vacas de raza Alderney que el viejo Whateley le había comprado a su hijo Curtis. Dicha compra marcó el comienzo de la adquisición de una larga serie de cabezas de ganado vacuno por parte de la familia del pequeño Wilbur que no finalizaría hasta 1928 —es decir, el año en que el horror se abatió sobre Dunwich—, pero en ningún momento dio la impresión de que el destartalado establo de Whateley estuviese lleno hasta rebosar de ganado. A ello siguió un período en que la curiosidad de ciertos vecinos de Dunwich les llevó a subir a escondidas hasta los pastos y contar las cabezas de ganado que pacían precariamente en la empinada ladera justo por encima de la vieja granja, y jamás pudieron contar más de diez o doce anémicos y casi agotados ejemplares. Debía ser una plaga o enfermedad, originada quizás en los insalubres pastos o transmitida por algún hongo o madera contaminados del asqueroso establo, lo que producía tan crecida mortalidad entre el ganado de Whateley. Extrañas heridas o llagas, semejantes a incisiones, parecían cebarse en las vacas que podían verse paciendo por aquellos contornos y una o dos veces en el curso de los primeros meses de la vida de Wilbur algunas personas que fueron a visitar a los Whateley creyeron ver llagas semejantes en la garganta del anciano canoso y sin afeitar y en la de su desaliñada y desgreñada hija albina.

En la primavera que siguió al nacimiento de Wilbur, Lavinia empezó sus cotidianas correrías por las montañas, llevando en sus desproporcionados brazos a su criatura de piel oscura. La curiosidad de los aldeanos hacia los Whateley remitió tras contemplar al retoño, y a nadie se le ocurrió hacer el menor comentario sobre el extraordinario desarrollo del recién nacido, visible de un día para otro. La realidad es que Wilbur crecía a un ritmo increíble, pues a los tres meses había alcanzado ya una talla y fuerza muscular que excepcionalmente se observa en niños menores de un año. Sus movimientos y hasta sus sonidos vocales mostraban una contención y una nueva sorpresa le llegó justo cuando, a los siete meses, empezó a andar sin ayuda alguna, con pequeñas vacilaciones que al cabo de un mes habían desaparecido totalmente.

Pero tiempo después, justo a la Víspera de Todos los Santos, pudo descubrirse una gran hoguera a medianoche en la cima de Sentinel Hill, allí donde se levantaba la antigua piedra con forma de mesa en medio de un túmulo de osamentas ancestrales. Por el pueblo corrieron toda clase de dimes y diretes a raíz de que Silas Bishop —de la rama no degradada de los Bishop— dijo haber visto al chico de los Whateley subiendo velozmente la montaña delante de su madre, justo una hora antes de percibirse las llamas. Silas andaba buscando un ternero extraviado, pero casi olvidó la misión que le había llevado allá al divisar por un momento, a la luz del farol que portaba, a las dos figuras que corrían montaña arriba. Madre e hijo se deslizaban sigilosamente por entre la maleza, y Silas, que no salía de su asombro, creyó ver que iban totalmente desnudos. Al recordarlo después, no estaba del todo seguro por cuanto al niño respecta, y creía que era probable que llevase una especie de cinturón con flecos y un par de calzones o pantalones de color oscuro. Lo cierto es que a Wilbur jamás se le volvió a ver, al menos vivo y en estado consciente, sin un vestido completo encima y ceñidamente abotonado, y cualquier desarreglo, real o supuesto, en su indumentaria parecía enojarle muchísimo. Su contraste con el escuálido aspecto de su madre y de su abuelo era muy notorio, algo que no se explicaría del todo hasta 1928, año en que el horror se abatió sobre Dunwich.

Por el mes de enero, entre los chismorreos que corrían por el pueblo se hacía mención de que el «rapaz negro de Lavinia» había comenzado a hablar, cuando solo contaba once meses. Su lenguaje era impresionante, tanto porque se diferenciaba de los acentos normales que se oían en la región como por la ausencia del balbuceo infantil apreciable en muchos niños de tres y cuatro años. No era una criatura habladora, pero cuando se ponía a charlar parecía expresar algo inconprensible y totalmente desconocido para los vecinos de Dunwich. La extrañeza no radicaba en cuanto decía ni en las sencillas expresiones a que recurría, sino que parecía guardar una vaga relación con el tono o con los órganos vocales productores de los sonidos silábicos. Sus rasgos se caracterizaban, asimismo, por una nota de madurez, pues si bien tenía en común con su madre y abuelo la falta de mentón, la nariz, firme y precozmente perfilada, junto con la expresión de los ojos —grandes, oscuros y de rasgos latinos—, hacían que pareciese casi adulto y dotado de una inteligencia singular. Pese a su aparente brillantez era, sin embargo, rematadamente feo. Desde luego, algo de caprino o animal había en sus carnosos labios, en su piel amarillenta y porosa, en su áspero y desgreñado pelo y en sus orejas increíblemente alargadas. Pronto la gente empezó a sentir repulsión hacia él, de forma incluso más marcada que hacia su madre y abuelo, y todo cuanto sobre él se aventuraban a decir se hallaba salpicado de referencias al pasado de brujo del viejo Whateley y a cómo retumbaron las montañas cuando profirió a pleno pulmón el misterioso nombre de Yog-Sothoth, en medio de un círculo de piedras y con un gran libro abierto entre sus manos.

Los perros se enfurecían ante la sola presencia del niño, hasta el punto de que continuamente se veía obligado a ponerse en guardia de sus amenazadores ladridos.

III

Año tras año, el viejo Whateley siguió comprando ganado sin que se viera aumentar el número de su cabaña. Asimismo, taló madera y se puso a restaurar las partes hasta entonces sin utilizar de la casa, un espacioso edificio con el tejado rematado en pico y la fachada posterior totalmente empotrada en la rocosa ladera de la montaña. Hasta entonces, las tres habitaciones en estado menos deteriorado de la planta baja habían bastado para cobijar a su hija y a él. El anciano debía conservar todavía una fuerza singular para poder realizar sin ayuda tan ardua tarea, y aunque a veces murmuraba cosas que se salían de lo normal, su trabajo de carpintería demostraba que conservaba el sano juicio. Empezó las obras nada más nacer Wilbur, después de poner un día en orden uno de los numerosos cobertizos donde se guardaban los aperos, entablarlo y colocar una nueva y resistente cerradura. Ahora, al emprender las obras de reparación del abandonado piso superior, demostró seguir estando en posesión de sobresalientes facultades manuales. Su manía se reflejaba tan solo en un afán por tapar herméticamente con tablones todas las ventanas del ala restaurada, aunque a juicio de muchos el mero hecho de intentar repararla ya era una locura. Y se explicaba mejor que quisiese acondicionar otra habitación en la planta baja para el nieto recién nacido, habitación esta que varios visitantes pudieron ver, si bien nadie logró jamás acceder a la planta superior herméticamente cerrada por gruesos tablones de madera. Revistió toda la habitación del nieto con sólidas estanterías hasta el techo, sobre las cuales fue colocando, poco a poco y en orden aparentemente cuidadoso, los antiguos volúmenes carcomidos y los fragmentos sueltos de libros que hasta entonces habían estado amontonados sin ton ni son en los más extraños rincones de la casa.

—Me han sido muy útiles —decía Whateley mientras trataba de pegar una página suelta de caracteres góticos con una cola preparada en el oxidado horno de la cocina—, pero estoy seguro de que el chico sabrá sacar mejor provecho de ellos. Quiero que estén en las mejores condiciones posibles, pues todos van a servirle para su aprendizaje.

Cuando Wilbur contaba un año y siete meses —esto es, en septiembre de 1914— su estatura y, en general, las cosas que hacía se salían por completo de lo corriente. Tenía ya la altura de un niño de cuatro años, hablaba con soltura y demostraba hallarse dotado de una inteligencia increíble. Andaba solo por los campos y empinadas laderas, y acompañaba a su madre en sus vagabundeos por la montaña. Cuando estaba en casa, no cesaba de escudriñar los extraños grabados y cuadros que encerraban los libros de su abuelo, mientras el viejo Whateley le instruía y catequizaba en medio del silencio reinante de muchas largas y tediosas tardes. Para entonces ya habían terminado las obras de la casa, y quienes tuvieron ocasión de verlas se preguntaban por qué habría convertido el viejo Whateley una de las ventanas del piso superior en una robusta puerta entablada. Se trataba de la última ventana abuhardillada en la fachada posterior orientada a poniente, pegada a la ladera montañosa, y nadie se hacía la menor idea de por qué habría construido una sólida pasarela de madera para subir hasta ella. Para cuando las obras estaban a punto de finalizar la gente descubrió que el antiguo cobertizo de los aperos, herméticamente cerrado y con las ventanas cubiertas por tablones desde el nacimiento de Wilbur, había vuelto a quedar abandonado. La puerta estaba siempre abierta de par en par, y cuando Earl Sawyer un día se adentró en su interior, con ocasión de una visita al viejo Whateley relacionada con la venta de ganado, se desconcentró completamente del apestoso olor que se respiraba en el cobertizo; un hedor —según diría después— que no guardaba parecido con nada conocido excepto con el olor que se percibía en las inmediaciones de los círculos indios de la montaña, y que no podía provenir de nada sano ni de este mundo. Pero también es cierto que las casas y cobertizos de los vecinos de Dunwich nunca se caracterizaron precisamente por sus buenos perfumes.

No hay nada digno de mencionar en los meses que siguieron, salvo que todo el mundo juraba percibir un ligero pero continuado aumento de los misteriosos ruidos que salían de la montaña. La víspera del primero de mayo de 1915 se dejaron sentir tales temblores de tierra que hasta los vecinos de Aylesbury pudieron detectarlos, y unos meses después, en la Víspera de Todos los Santos, se produjo un fragor subterráneo asombrosamente sincronizado con una serie de llamaradas —«ya están otra vez los Whateley con sus brujerías», decían los vecinos de Dunwich— en la cima de Sentinel Hill. Wilbur seguía creciendo a un ritmo extraordinario, hasta el punto de que al cumplir cuatro años parecía como si tuviera ya diez. Leía sin cesar, sin ayuda alguna, pero se había vuelto mucho más taciturno. Su semblante denotaba un natural reservado, y por vez primera la gente empezó a hablar del incipiente aspecto demoníaco de sus facciones caprinas. A veces se ponía a musitar en una jerga totalmente desconocida y a cantar extrañas melodías que hacían estremecer a quienes las escuchaban invadiéndoles un inusitado terror. La aversión que mostraban hacia él los perros era objeto de constantes comentarios, hasta el punto de verse precisado a llevar siempre una pistola encima para evitar ser asaltado en sus correrías a través del campo. Y, claro está, su utilización del arma en diversas ocasiones no contribuyó de ninguna manera a granjearle la simpatía de los dueños de perros guardianes.

Las escasas visitas que acudían a la casa de los Whateley encontraban a menudo a Lavinia sola en la planta baja, mientras se percibían extraños gritos y pisadas en el entablado piso superior. Nunca dijo Lavinia qué podrían estar haciendo su padre y el muchacho allá arriba, aunque una vez en que un alegre pescadero intentó abrir la atrancada puerta que daba a la escalera empalideció y un pánico anormal se dibujó en su rostro. El pescadero contó luego en la tienda de Dunwich que le pareció oír el pataleo de un caballo en el piso superior. Los clientes que en aquel instante se encontraban en la tienda pensaron de inmediato en la puerta, en la rampa y en el ganado que con tal rapidez desaparecía, estremeciéndose al recordar las historias de los años mozos del viejo Whateley y las extrañas cosas que deja entrever la tierra cuando se sacrifica un ternero en un momento propicio a ciertos dioses paganos. Desde hacía tiempo podía advertirse que los perros temían y odiaban la finca de los Whateley con igual furia que anteriormente habían demostrado hacia la persona de Wilbur.

En 1917 los EEUU entraron en la guerra, y el juez de paz Sawyer Whateley, en su condición de presidente de la junta de reclutamiento local, tuvo grandes dificultades para lograr constituir el contingente de jóvenes físicamente aptos de Dunwich que habían de acudir al campamento de instrucción. El gobierno, alarmado ante los síntomas de degradación de los habitantes de la comarca, envió varios inspectores y especialistas médicos para que investigaran las causas, los cuales llevaron a cabo una encuesta que todavía tienen presente los lectores de diarios de Nueva Inglaterra. La publicidad que se dio en torno a la investigación puso a algunos periodistas sobre la pista de los Whateley, y llevó a las ediciones dominicales del Boston Globe y del Arkham Advertiser a publicar artículos sensacionalistas sobre la precocidad de Wilbur, la magia negra del viejo Whateley, las estanterías repletas de extraños volúmenes, el segundo piso herméticamente cerrado de la antigua granja, el misterio que rodeaba a la comarca entera y los ruidos que se percibían en la montaña. Wilbur contaba por entonces cuatro años y medio, pero tenía todo el aspecto de un muchacho de quince. Su labio superior y mejillas estaban cubiertos de un vello áspero y oscuro, y su voz había comenzado ya a enronquecer.

Un día Earl Sawyer se dirigió a la finca de los Whateley acompañado de un grupo de periodistas y fotógrafos, llamándoles su atención hacia la extraña pestilencia que provenía de la planta superior. Según dijo, era exactamente igual que el olor reinante en el abandonado cobertizo donde se guardaban los aperos una vez acabadas las obras de reconstrucción, y muy semejante a los débiles olores que creyó percibir a veces en las cercanías del círculo de piedra de la montaña. Los vecinos de Dunwich leyeron las historias sobre los Whateley al verlas publicadas en los periódicos, y no pudieron menos de sonreírse ante los manifiestos errores que contenían.

Se preguntaban, asimismo, por qué los periodistas atribuirían tanta importancia al hecho de que el viejo Whateley pagase siempre al comprar el ganado en antiquísimas monedas de oro. Los Whateley recibieron a sus visitantes con mal disimulado disgusto, si bien no osaron ofrecer violenta resistencia o a negarse a contestar sus preguntas por miedo a que dieran mayor resonancia al caso.

IV

A lo largo de toda una década la historia de los Whateley se mezcló confusamente con la existencia general de una comunidad patológicamente enfermiza que se hallaba acostumbrada a su extraña conducta y se había vuelto insensible a sus orgiásticas celebraciones de la Víspera de Mayo y de Todos los Santos. Dos veces al año los Whateley encendían hogueras en la cima de Sentinel Hill, y en tales fechas el fragor de la montaña se reproducía con violencia cada vez más patente; y tampoco resultaba extraño que tuviesen lugar acontecimientos inusitados y extraordinarios en su solitaria granja en cualquier otra fecha del año. Con el tiempo, los visitantes afirmaron oír ruidos en la cerrada planta alta, incluso en momentos en que todos los miembros de la familia se encontraban abajo, y se preguntaron a qué ritmo solían sacrificar los Whateley una vaca o un ternero. Se pensaba incluso en denunciar el caso a la Sociedad Protectora de Animales, pero al final no se hizo nada pues los vecinos de Dunwich no tenían preocupación de que el mundo exterior se fijase en ellos.

Hacia 1923, siendo Wilbur un muchacho de diez años y con una inteligencia, voz, estatura y barba que le conferían todo el aspecto de una persona ya madura, comenzó una segunda etapa de obras de carpintería en la vieja finca de los Whateley. Las obras afectaban a la cerrada planta superior, y por los trozos de madera sobrante que se veían por el suelo la gente infirió que el joven y el abuelo habían tirado todos los tabiques y hasta elevado la tarima del piso, dejando solo un gran espacio abierto entre la planta baja y el tejado rematado en pico. También habían demolido la gran chimenea central e instalado en el ruginoso espacio que quedó al descubierto una endeble cañería de hojalata con salida al exterior.

En la primavera que siguió a las obras el viejo Whateley advirtió el crecido número de chotacabras[11] que, procedentes del barranco de Cold Spring, acudían por las noches a chillar bajo su ventana. Whateley atribuyó a la presencia de tales pájaros un significado

11 Especie de pájaro nocturno muy chillón, con la leyenda de que se apoderaban de las almas de los difuntos impidiéndoles su salvación.

especial y un día dijo en la tienda de Osborn que creía cercana su muerte.

—Ahora chirrían al compás de mi respiración —dijo—, así que deben estar ya al acecho para lanzarse sobre mi alma. Saben que pronto va a abandonarme y no quieren dejarla escapar. Cuando haya muerto sabréis si lo consiguieron o no. Caso de conseguirlo, no cesarían de chirriar y proferir risotadas hasta el amanecer; de lo contrario se callarán. Los espero a ellos y a las almas que atrapan pues si quieren mi alma les va a costar lo suyo.

En la noche de la fiesta de la Recolección de la cosecha de 1924, el doctor Houghton, de Aylesbury, recibió una llamada urgente de Wilbur Whateley, que se había lanzado a todo galope en medio de la oscuridad reinante, en el único caballo que todavía restaba a los Whateley, con el fin de llegar lo antes posible al pueblo y telefonear desde la tienda de Osborn. El doctor Houghton encontró al viejo Whateley en estado agonizante, con un ritmo cardíaco y una respiración estertórea que presagiaban un final inminente. La deforme hija albina y el nieto adolescente, pero ya barbudo, se encontraban junto al lecho mortuorio, mientras que del tenebroso espacio que se abría por encima de sus cabezas llegaba la desagradable sensación de una especie de chapoteo u oleaje rítmico, algo así como el ruido de las olas en una playa de aguas tranquilas. Con todo, lo que más le molestaba al médico era el ensordecedor griterío que armaban las aves nocturnas que revoloteaban en torno a la casa: una verdadera legión de chotacabras que chirriaba su monótono mensaje infernalmente sincronizado con los entrecortados estertores del agonizante anciano.

Aquello sobrepasaba sin duda lo macabro y lo monstruoso, pensó el doctor Houghton, que al igual que el resto de los vecinos de la comarca había acudido de muy mala gana a la casa de los Whateley en respuesta a la llamada urgente que se le había hecho.

Hacia la una de la noche el viejo Whateley recobró la conciencia y, al tiempo que cesaban sus estertores, susurró algunas entrecortadas palabras a su nieto.

—Más espacio, Willy, necesita más espacio y cuanto antes. Tú creces, pero eso todavía crece más deprisa. Pronto te servirá, hijo.

Abre las puertas de par en par a Yog-Sothoth salmodiando el largo canto que encontrarás en la página 751 de la edición completa, y luego préndele fuego a la prisión. El fuego de la tierra no puede quemarlo.

No cabía la menor duda, que el viejo Whateley estaba loco de atar. Tras una pausa durante la cual la bandada de chotacabras que había fuera sincronizó sus chirridos al nuevo ritmo jadeante de la respiración del anciano y pudieron oírse extraños ruidos que venían de algún remoto lugar en las montañas, todavía tuvo fuerzas para pronunciar una o dos frases más.

—No dejes de alimentarlo, Willy, y ten presente la cantidad en todo instante. Pero no dejes que crezca demasiado rápido para el lugar, pues si revienta en pedazos o sale antes de que abras la puerta a Yog-Sothoth, no habrán servido de nada todos los esfuerzos. Solo los que vienen del más allá pueden hacer que se reproduzca y surta efecto... Solo ellos, los antiguos que desean regresar...

Pero tras las últimas palabras volvieron de nuevo a reproducirse los estertores del viejo Whateley, y Lavinia lanzó un espantoso grito al ver cómo los chillidos que armaban los chotacabras cambiaban para adaptarse al nuevo ritmo de la respiración. No hubo ningún cambio durante una hora, al cabo de la cual la garganta del moribundo emitió el último gemido. El doctor Houghton cerró los arrugados párpados sobre los brillantes ojos grises del anciano, mientras la barahúnda que armaban los pájaros se apagaba por momentos hasta finalizar cayendo en el más completo silencio. Lavinia no cesaba de sollozar, en tanto que Wilbur se echó a reír ahogadamente y hasta ellos alcanzó el débil fragor de la montaña.

—No han conseguido apoderarse de su alma —susurró Wilbur con su potente voz de bajo.

Por entonces, Wilbur era ya un estudioso de extraordinaria erudición —si bien a su parcial manera—, y empezaba a ser conocido por la correspondencia que mantenía con numerosos bibliotecarios de remotos lugares en donde se guardaban libros raros y misteriosos de épocas remotas. Al mismo tiempo, cada vez se le detestaba y temía más en la comarca de Dunwich por la desaparición de ciertos jóvenes que todas las sospechas hacían confluir, vagamente, en el umbral de su casa. Pero siempre se las arregló para silenciar las investigaciones ya fuese mediante el recurso a la intimidación o echando mano a una bolsa de antiguas monedas de oro que, al igual que en tiempos de su abuelo, se utilizaban de forma periódica y en cantidades crecientes para la compra de cabezas de ganado. Daba toda la impresión de ser una persona madura, y su estatura, una vez alcanzado el límite normal de la edad adulta, parecía que fuese a seguir aumentando sin parar. En 1925, con ocasión de una visita que le hizo un corresponsal suyo de la Universidad de Miskatonic, que salió de la reunión que sostuvieron lívido y desconcertado, alcanzaba ya sus buenos dos metros.

Con el paso de los años, Wilbur fue tratando a su semideforme y albina madre con un desprecio cada vez más grande, hasta llegar a prohibirle que le acompañase a las montañas en las fechas de la Víspera de Mayo y de Todos los Santos. En 1926, la desgraciada madre le dijo a Mamie Bishop que su hijo le producía un grave terror.

—Sé multitud de cosas acerca de él que me gustaría poder contarte, Mamie —le dijo un día—, pero últimamente pasan muchas que incluso yo ignoro. Juro por Dios que ni sé lo que quiere mi hijo ni lo que trata de hacer.

En la Víspera de Todos los Santos de aquel año, los ruidos de la montaña resonaron con un furor más fuerte que nunca, y al igual que todos los años pudo verse el resplandor de las llamaradas en la cima de Sentinel Hill. Pero la gente prestó más atención a los rítmicos chirridos de enormes bandadas de chotacabras —singularmente retrasados para la época del año en que se encontraban— que parecían congregarse en las inmediaciones de la granja de los Whateley. Pasada la medianoche sus estridentes notas estallaron en una especie de infernal risotada que pudo oírse por toda la comarca, y hasta el amanecer no cesaron en su espantoso griterío. Pronto, desaparecieron, dirigiéndose apresuradamente hacia el sur, adonde llegaron con un mes de retraso sobre la fecha normal. Lo que significaba tan enorme estruendo nadie lo sabría con seguridad hasta pasado mucho tiempo. En cualquier caso, aquella noche no murió nadie en toda la comarca, pero jamás volvió a verse a la desgraciada Lavinia Whateley, la deforme y albina madre de Wilbur.

En el verano de 1917 Wilbur reparó dos cobertizos que había en el corral y comenzó a trasladar a ellos sus libros y efectos personales. Al poco tiempo, Earl Sawyer dijo en la tienda de Osborn que en la granja de los Whateley habían vuelto a emprenderse obras de carpintería. Wilbur se afanaba por tapar todas las puertas y ventanas de la planta baja, y parecía que estuviese tirando todos los tabiques, tal como su abuelo y él hicieran en la planta superior cuatro años atrás. Se había instalado en uno de los cobertizos, y según Sawyer tenía un aspecto un tanto preocupado y nervioso. La gente de la localidad sospechaba que sabía algo sobre la desaparición de su madre, y eran muy pocos los que se aventuraban a rondar por las inmediaciones de la granja de los Whateley. Por aquel entonces, Wilbur sobrepasaba ya los dos metros de altura y nada señalaba que fuese a dejar de crecer.

V

El invierno siguiente fue testigo del nada desdeñable acontecimiento del primer viaje de Wilbur fuera de la comarca de Dunwich. Pese a la correspondencia que venía manteniendo con la Biblioteca de Widener de Harvard, la Biblioteca Nacional de París, el Museo Británico, la Universidad de Buenos Aires y la Biblioteca de la Universidad de Miskatonic, en Arkham, todos sus intentos por hacerse con un libro que necesitaba desesperadamente habían resultado fallidos. En vista de lo cual, a la postre, acabó por desplazarse en persona —andrajoso, mugriento, con la barba sin cuidar y aquel grosero dialecto que hablaba— a consultar el ejemplar que se conservaba en Miskatonic, la biblioteca más próxima a Dunwich. Con casi ocho pies de altura y portando una maleta de saldo recién comprada en la tienda de Osborn, aquel monstruo de tez trigueña y rostro caprino se presentó un día en Arkham en busca del temible volumen guardado bajo siete llaves en la biblioteca de la Universidad de Miskatonic: el pavoroso *Necronomicón*, del árabe demente

Abdul Alhazred, en versión latina de Olaus Wormius, impreso en España en el siglo XVII. Jamás hasta entonces había visto Wilbur una ciudad, pero su único interés al llegar a Arkham se redujo a encontrar el camino que llevaba al recinto universitario. Una vez allí, pasó sin pestañear por delante del gran perro guardián de la entrada que se puso a ladrar, mostrándole sus blancos colmillos, con extraño furor al tiempo que tensaba con violencia la gruesa cadena a la que estaba sujeto.

Wilbur llevaba consigo el valioso, pero incompleto, ejemplar de la versión inglesa del *Necronomicón* del Dr. Dee que había heredado de su abuelo, y nada más le permitieron acceder al ejemplar en latín se puso a cotejar los dos textos con el propósito de descubrir cierto pasaje que, de no hallarse en condiciones defectuosas, habría debido encontrarse en la página 751 del volumen de su biblioteca. Por más que intentó disimular, no pudo dejar de decírselo con buenos modales al bibliotecario —Henry Armitage, hombre de gran erudición y licenciado en Miskatonic, doctor por la Universidad de Princeton y por la Universidad de John Hopkins—, que un día había acudido a visitarle a la granja de Dunwich y que ahora, delicadamente, le bombardeaba a preguntas. Wilbur acabó por decirle que buscaba una especie de conjuro o fórmula mágica que contuviese el espantoso nombre de Yog-Sothoth, pero las discrepancias, repeticiones y ambigüedades existentes complicaban la tarea de su descubrimiento, sumiéndole en un mar de dudas. Mientras copiaba la fórmula por la que finalmente se decidió, el Dr. Armitage miró involuntariamente por encima del hombro de Wilbur a las páginas por las que estaba abierto el libro; la que se veía a la izquierda, en la versión latina del *Necronomicón*, contenía toda una cadena de estremecedoras amenazas contra la paz y el bienestar de la tierra:

«Tampoco debe pensarse —rezaba el texto que Armitage fue traduciendo mentalmente— que el ser humano sea el más antiguo o el último de los dueños de la Tierra, ni que semejante combinación de cuerpo y alma se pasea sola por el Universo. Los Antiguos eran, los Antiguos son y los Antiguos serán. No en los espacios que conocemos, sino entre ellos. Se pasean serenos y primordiales en esencia, sin dimensiones e invisibles a nuestra vista. Yog-Sothoth conoce la puerta. Yog-Sothoth es la puerta. Yog-Sothoth es la llave y el guardián de la puerta. Pasado, presente y futuro, todo es uno en Yog-Sothoth. Él sabe por dónde entraron los Antiguos en el pasado y por dónde volverán a hacerlo cuando llegue el momento. Él sabe qué regiones de la tierra pisotearon, dónde siguen hoy haciéndolo y por qué nadie puede verlos en su avance. Los seres humanos perciben a veces su presencia por el olor que despiden, pero no los pueden ver su apariencia, salvo únicamente a través de las facciones de los seres humanos engendrados por Ellos, son de las más diversas especies, difiriendo en aspecto desde la mismísima imagen del ser humano hasta esas figuras invisibles o sin sustancia que son Ellos. Se pasean inadvertidos e infectos por los solitarios lugares donde se pronunciaron las Palabras y se profirieron los Rituales en su debido momento. Sus voces hacen temblar el viento y sus conciencias trepidar la tierra. Doblegan bosques enteros y aplastan ciudades, pero jamás bosque o ciudad alguna ha visto la mano que los aplasta. Kadath[12] los ha conocido en los páramos helados, pero ¿quién conoce a Kadath? En el glacial desierto del Sur y en las sumergidas islas del Océano se elevan piedras en las que se ve grabado su sello, pero ¿quién ha visto la helada ciudad hundida o la torre secularmente cerrada y recubierta de algas y moluscos? El Gran Cthulhu es su primo, pero solo difusamente puede reconocerlos. *¡Iä! ¡Shub-Niggurath!*[13] Por su irresistible olor los conoceréis. Su mano os aprieta las gargantas pero ni aun así los veis, y su morada es una misma con el umbral que guardáis. Yog-Sothoth es la llave que abre la puerta, por donde las esferas se encuentran. El ser humano rige ahora donde antes regían Ellos, pero pronto regirán Ellos donde ahora rige el ser humano. Tras el verano el invierno, y tras el invierno el verano. Aguardan, pacientes y confiados, pues saben que volverán a reinar sobre la Tierra.»

Al asociar el Dr. Armitage lo que leía con lo que había oído hablar de Dunwich y de sus misteriosas apariciones, y del lúgubre

12 El desierto.

13 Exclamación dedicada a una supuesta diosa de la fertilidad del *panteón Cthulhuiano.*

y horrible aspecto y de las circunstancias que poseía y se rodeaba Wilbur Whateley y que iba desde un nacimiento de forma más que extraña hasta una fundada sospecha de matricidio, sintió como si le sacudiera una oleada de terror tan cortante como pudiera serlo cualquier corriente de aire frío y pegajoso que afluyera de una tumba. Parecía como si el gigante de cara de chivo enfrascado en la lectura de aquel libro hubiese sido engendrado en otro planeta o dimensión, como si solo parcialmente fuese humano y procediese de los tenebrosos abismos de una esencia y una entidad que se extendía, cual titánico fantasma, allende las esferas de la fuerza y la materia, del espacio y el tiempo. De pronto, Wilbur levantó la cabeza y se puso a hablar con una voz extraña y resonante que hacía pensar en unos órganos vocales distintos a los del común de los humanos.

—Mr. Armitage —dijo—, me temo que voy a tener que llevarme el libro a casa. Contiene cosas que tengo que experimentar bajo ciertas condiciones que no reúno aquí, y sería un verdadero crimen no dejármelo llevar alegando cualquier absurda norma burocrática. Se lo ruego, señor, déjeme llevármelo a casa y le juro que nadie lo echará en falta. Ni que decirle tengo que lo trataré con el mejor cuidado. Lo necesito para poner mi versión de Dee en la forma en que…

Se interrumpió al ver la resuelta expresión negativa dibujada en la cara del bibliotecario, y al punto sus facciones de chivo adquirieron un aire de astucia. Armitage, cuando estaba ya a punto de decirle que podía sacar copia de cuanto precisara, pensó de repente en las consecuencias que podrían originarse de semejante contravención y se echó atrás. Era una responsabilidad demasiado grande entregar a semejante monstruosa criatura la llave de acceso a tan tenebrosas esferas de lo exterior. Whateley, al ver el cariz que tomaban las cosas, trató de disimular.

—¡Bueno! ¡Qué le vamos a hacer si se pone así! A ver si en Harvard no son tan melindrosos y hay más suerte.

Y sin decir una sola palabra más se levantó y salió de la biblioteca, debiendo agacharse ante cada puerta que pasaba.

Armitage escuchó el tremendo aullido del gran perro que había en la entrada y, a través de la ventana, observó las zancadas de gorila de Whateley mientras cruzaba el pequeño trozo de campus que podía divisarse desde la biblioteca. Le vinieron a la memoria las espantosas historias que habían llegado a sus oídos y recordó lo que se decía en las ediciones dominicales del Advertiser, así como las impresiones que pudo recoger entre los campesinos y vecinos de Dunwich durante su visita a la localidad. Horribles y malolientes seres invisibles que no eran de la Tierra —o, al menos, no de la Tierra tridimensional tangible— corrían por los barrancos de Nueva Inglaterra y acechaban indecentemente desde las montañosas cumbres. Hacía tiempo que estaba seguro de ello, pero ahora creía experimentar la pronta y terrible presencia del horror extraterrestre y vislumbrar un prodigioso avance en los tenebrosos dominios de tan antigua y hasta entonces aletargada, pesadilla. Con un escalofrío y con una honda sensación de repugnancia, encerró el *Necronomicón* en su sitio, pero una atroz e inidentificable pestilencia seguía impregnado todavía toda la sala. «Por su insano olor los conoceréis», citó. Sí, no cabía duda, aquel fétido olor era el mismo que hacía menos de tres años le provocó ascos en la granja de Whateley. Pensó en Wilbur, en sus tétricos rasgos caprinos, y dejó escapar una irónica risotada al recordar los rumores que corrían por el pueblo sobre su paternidad.

—¿Incestuoso vástago? —Armitage murmuró casi en voz audible para sus adentros—. ¡Dios mío, pero serán mentecatos! ¡Dales a leer *El Gran Dios Pan*, de Arthur Machen, y creerán que se trata de un escándalo normal y corriente como los de Dunwich!

Pero ¿qué informe y maldito engendro, salido o no de esta Tierra tridimensional, era el padre de Wilbur Whateley? Nacido el día de la Candelaria, a los nueve meses de la Víspera del uno de mayo de 1912, fecha en que los rumores sobre extraños ruidos en el interior de la tierra llegaron hasta Arkham. ¿Qué ocurría en las montañas aquella noche de mayo? ¿Qué horror engendrado el día de la Invención de la Cruz se había abatido sobre el mundo en forma de carne y hueso semihumanos?

A lo largo de las semanas que siguieron, Armitage estuvo recogiendo toda la información que pudo encontrar sobre Wilbur Whateley y aquellos misteriosos seres que rondaban la comarca de Dunwich.

Se puso en contacto con el doctor Houghton, de Aylesbury, que había asistido al viejo Whateley en su última agonía, y estuvo meditando detenidamente sobre las últimas palabras que pronunció, tal como las recordaba el médico. Una nueva visita a Dunwich apenas reportó nada nuevo. Sin embargo, un detenido examen del *Necronomicón* —en concreto, de las páginas que con tanta ansiedad había buscado Wilbur— pareció aportar nuevas y terribles pistas sobre la naturaleza, métodos y apetitos del extraño y maligno ser cuya amenaza se cernía difusamente sobre este planeta. Las conversaciones sostenidas en Boston con varios eruditos de saberes arcanos y la correspondencia mantenida con muchos otros estudiosos de los más variados lugares, no hicieron sino hacer crecer la perplejidad de Armitage, quien, tras pasar gradualmente por varias fases de alarma, acabó sumido en un auténtico estado de agudísimo temor espiritual. A medida que pasaba el verano creía cada vez más que debía hacerse algo para interrumpir la escalada de terror que asolaba los valles regados por el curso superior del Miskatonic y averiguar quién era el monstruoso ser conocido entre los humanos con el nombre de Wilbur Whateley.

VI

El verdadero horror de Dunwich tuvo lugar entre la fiesta de la Recolección de la cosecha y el equinoccio de 1928, siendo el Dr. Armitage uno de los testigos presenciales de su espantoso prólogo. Había oído hablar del esperpéntico viaje que Whateley había hecho a Cambridge y de sus desesperados intentos por sacar el ejemplar del *Necronomicón* que se conservaba en la biblioteca Widener, de la Universidad de Harvard. Pero todos sus esfuerzos resultaron baldíos, pues Armitage había puesto en estado de alerta a todos los bibliotecarios que tenían a su cargo la custodia de un ejemplar del ancestral volumen. Wilbur se había mostrado asombrosamente nervioso en Cambridge; estaba ansioso por conseguir el libro y no menos por regresar a casa, como si temiera las consecuencias de una larga ausencia.

A primeros de agosto se produjo el cuasi esperado acontecimiento. En la madrugada del tercer día de dicho mes el Dr. Armitage fue despertado bruscamente por los desaforados y feroces ladridos del imponente perro guardián que había a la entrada del campus universitario. Los estridentes y terribles gruñidos alternaban con desgarradores aullidos y ladridos, como si el perro se hubiese vuelto rabioso; los ruidos crecían sin cesar, pero entrecortados, dejando entre sí pausas terroríficamente significativas. Al poco, se oyó un pavoroso grito de una garganta completamente desconocida, un grito que despertó a no menos de la mitad de cuantos dormían a aquellas horas en Arkham y que en lo sucesivo les perseguiría continuamente en sus sueños, un grito que no podía proceder de ningún ser nacido en la tierra o habitante de ella.

Armitage se puso rápidamente algo de ropa por encima y echó a correr por los paseos y jardines hasta llegar a los edificios universitarios, donde comprobó que otros se le habían adelantado. Todavía se oían los retumbantes ecos de la alarma antirrobo de la biblioteca. A la luz de la luna se divisaba una ventana abierta de par en par mostrando las profundas tinieblas que encerraba. Quienquiera que hubiese intentado entrar había logrado su propósito, pues los ladridos y gritos —que pronto acabarían confundiéndose en una sorda profusión de aullidos y gemidos— procedían sin equivocación del interior del edificio. Un sexto sentido le hizo entrever a Armitage que cuanto allí sucedía no era algo que pudieran contemplar ojos pusilánimes y, con gesto autoritario, mandó retroceder a la muchedumbre allí reunida al tiempo que abría la puerta del vestíbulo. Entre los allí congregados vio al profesor Warren Rice y al Dr. Francis Morgan, a quienes tiempo atrás había hecho partícipes de algunas de sus suposiciones y temores, y con la mano les hizo una señal para que le acompañasen al interior. Los sonidos que de allí salían se habían acallado casi por completo, salvo los monótonos gruñidos del perro; pero Armitage tuvo un brusco sobresalto al advertir entre la maleza un ruidoso coro de chotacabras que había comenzado a entonar sus endiabladamente rítmicos chirridos, como si marchasen al unísono con los últimos estertores de un moribundo.

En el edificio entero reinaba una insoportable pestilencia que le resultaba harto familiar a Armitage, quien, en compañía de los dos profesores, se lanzó corriendo a través del vestíbulo hasta llegar a la salita de lectura de temas genealógicos de donde provenían los sordos gemidos. Por espacio de unos segundos, nadie se atrevió a encender la luz, hasta que Armitage, armándose de valor, torció el interruptor. Uno de los tres hombres —cuál, no se sabe— profirió un estridente alarido ante lo que se veía tendido en el suelo entre una barahúnda de mesas y sillas volcadas. El profesor Rice afirma que durante unos instantes perdió el conocimiento, si bien sus piernas no flaquearon ni llegó a caer de bruces en el suelo.

Allí, encima de un fétido charco de líquido purulento entre amarillento y verdoso y de una viscosidad bituminosa, yacía medio recostado un ser de casi tres metros de estatura, al que el perro había desgarrado toda la ropa y algunos trozos de la piel. Todavía no había muerto. Se retorcía en medio de silenciosos espasmos, al tiempo que su pecho jadeaba al abominable compás de los estridentes chirridos de las chotacabras que, expectantes, oteaban desde fuera de la sala. Esparcidos por toda la estancia podían distinguirse trozos de piel de zapato y jirones de ropa, y junto a la ventana se veía una mochila de lona vacía que debió lanzar allí aquel gigantesco ser. Junto al pupitre central había un revólver en el suelo, con un cartucho percutido pero sin pólvora que posteriormente serviría para explicar por qué no había sido disparado. Sin embargo, aquel ser que yacía en el suelo eclipsó un momento cualquier otra imagen que pudiera haber en la sala. Sería tópico y no del todo cierto decir que ninguna pluma humana podría describirlo, pero ya sería menos erróneo decir que no podría visualizarse gráficamente por nadie cuyas ideas acerca de la fisonomía y el perfil en general estuviesen demasiado apegadas a las formas de vida existentes en nuestro planeta y a las tres dimensiones conocidas. Era cierto que en parte se trataba de una criatura humana, con manos y cabeza de hombre, en tanto su rostro caprino y sin mentón llevaba el inconfundible sello de los Whateley. Pero el torso y las extremidades inferiores tenían una forma teratológicamente monstruosa. Solo gracias a una holgada indumentaria pudo aquel ser andar sobre la tierra sin ser perseguido o expulsado de su superficie.

Por encima de la cintura era un ser cuasi antropomórfico, aunque el pecho, sobre el que todavía se encontraban puestas las desgarradoras patas del perro, tenía el correoso y reticulado pellejo de un cocodrilo o un caimán. La espalda tenía un color moteado, entre amarillo y negro, y recordaba ligeramente la escamosa piel de ciertas especies de ofidios. Pero, con diferencia, lo más monstruoso de todo el cuerpo era la parte inferior. A partir de la cintura desaparecía toda semejanza con el cuerpo humano y comenzaba la más demencial fantasía que pueda imaginarse. La piel estaba recubierta de un frondoso y áspero pelaje negro, y del abdomen sobresalían un montón de largos tentáculos, entre grises y verdosos, que terminaban fláccidamente en unas ventosas rojas que hacían las veces de boca. Su disposición era de lo más extraño y parecía seguir las simetrías de alguna geometría cósmica desconocida en la tierra e incluso en el sistema solar. En cada cadera, hundido en una especie de rosácea y ciliada órbita, se alojaba lo que parecía ser un primitivo ojo, mientras que en el lugar donde suele estar el rabo le colgaba algo que tenía todo el aspecto de una trompa o tentáculo, con marcas anulares violetas, y múltiples muestras de tratarse de una incipiente boca o garganta. Las piernas, salvo por el pelaje negro que las cubría, guardaban cierta semejanza con las extremidades de los gigantescos saurios que poblaban la tierra en las Eras geológicas, y terminaban en unas carnosidades surcadas de venas que ni eran pezuñas ni garras. Cuando respiraba, el rabo y los tentáculos cambiaban rítmicamente de color, como si obedecieran a alguna causa circulatoria característica de su verdoso tinte no humano, mientras que el rabo tenía un color amarillento que alternaba con otro blanco grisáceo, de asqueroso aspecto, en los espacios que quedaban entre los anillos de color violeta. De sangre no había ni huella, solo el pestilente y purulento líquido verdoso amarillento que corría por el suelo más allá del pringoso círculo, dejando como rastro una curiosa y descolorida mancha.

La presencia de los tres hombres debió despertar al moribundo ser allí postrado, que se puso a balbucir sin siquiera volver ni levantar la cabeza. Armitage no recogió por escrito los sonidos que profería, pero afirma con seguridad que no pronunció ni uno solo en inglés. Al principio las sílabas desafiaban toda posible comparación con ningún lenguaje conocido de la tierra, pero ya hacia el final articuló unos inconexos fragmentos que, sin duda, procedían del *Necronomicón*, el abominable libro cuya búsqueda iba a costarle la muerte. Los fragmentos, tal como los recuerda Armitage, rezaban así poco más o menos: «N'gai, n'gha' ghaa, bugg-shoggog, y'hah; Yog-Sothoth, Yog-Sothoth...», desvaneciéndose su voz en el aire mientras las chotacabras chirriaban en rítmico aumento de malsana expectación.

Después, se interrumpieron los jadeos y el perro alzó la cabeza, emitiendo un prolongado y tétrico aullido. Un cambio se produjo en la faz amarillenta y caprina de aquel ser postrado en el suelo al tiempo que sus grandes ojos negros se hundían pasmosamente en sus cuencas. Al otro lado de la ventana, cesó de repente el griterío que armaban los chotacabras, y por encima de los murmullos de la muchedumbre allí congregada se alzó un frenético zumbido y revoloteo. Recortadas contra el trasfondo de la luna podían verse grandes nubes de alados vigías expectantes que alzaban el vuelo y huían de la vista, espantados solo de ver la presa sobre la que se disponían a arrojarse.

Súbitamente, el perro dio un brusco gruñido, lanzó un terrorífico ladrido y se arrojó sin dilación por la ventana por la que había entrado. Un alarido salió de la perpleja multitud, mientras Armitage vociferaba a los hombres que aguardaban afuera que en tanto llegase la policía o el forense no se les permitía la entrada en la sala. Por suerte, las ventanas eran lo bastante altas como para que nadie pudiera asomarse y para mayor seguridad, corrió las oscuras cortinas con sumo cuidado. Entre tanto, llegaron dos policías, y el Dr. Morgan, que salió a su encuentro al vestíbulo, les instó a que, por su propio bien, aguardasen a entrar en la apestosa sala de lecturas hasta que llegara el forense y pudiera cubrirse el cuerpo yacente de aquel ser tan estrambótico.

Mientras esto sucedía, unos cambios extraordinariamente espantosos tenían lugar en aquella gigantesca criatura. No es necesario describir la clase y proporción de encogimiento y desintegración que se desarrollaba ante los ojos de Armitage y Rice, pero puede decirse que, aparte de la apariencia externa de cara y manos, el elemento auténticamente humano de Wilbur Whateley era mínimo. Cuando llegó el forense, solo quedaba una masa blancuzca y viscosa sobre el entarimado suelo, en tanto que el pestilente olor casi había desaparecido totalmente. Por lo visto, Whateley no tenía cráneo ni esqueleto óseo, al menos tal como los entendemos. En algo había de semejarse a su misterioso progenitor.

VII

Pero esto no fue sino tan solo el prólogo del auténtico horror de Dunwich. Las autoridades oficiales, desconcertadas, llevaron a cabo todas las formalidades debidas, silenciando juiciosamente los detalles más alarmantes para que no llegasen a oídos de la prensa y el público en general. Mientras, unos funcionarios se personaron en Dunwich y Aylesbury con el fin de levantar acta de las posesiones del difunto Wilbur Whateley y notificar, por ello, a quienes pudieran figurar como sus legítimos herederos. A su llegada, encontraron a la gente de la comarca presa de una gran agitación, tanto por el fragor creciente que se oía en las abovedadas montañas como por el nauseabundo olor y sonidos —semejantes a un oleaje o chapoteo— que salían cada vez con mayor intensidad de aquella especie de gran estructura vacía que era la granja herméticamente entablada de los Whateley. Earl Sawyer, que cuidaba del caballo y del ganado desde el fallecimiento de Wilbur, había sufrido una aguda crisis de nervios. Los funcionarios encontraron pronto una disculpa para que nadie entrase en el apestoso y cerrado edificio, limitándose a realizar una rápida inspección a los aposentos que habitaba el difunto, es decir, a los cobertizos que Wilbur había acondicionado últimamente. Redactaron un prolijo informe que elevaron al juzgado de Aylesbury y, según parece, los pleitos sobre el destino de la herencia siguen todavía sin resolverse entre los innumerables Whateley, tanto de la rama degenerada como de la sin degenerar, que viven en el valle regado por el curso superior del Miskatonic.

Un casi interminable manuscrito redactado en caracteres desconocidos en un gran libro mayor, y que era como una especie de diario por las separaciones existentes y las variaciones de tinta y caligrafía, dejó por completo perplejos a quienes lo descubrieron en el viejo escritorio que hacía las veces de mesa de trabajo de Wilbur. Después de una semana de debates se decidió enviarlo a la Universidad de Miskatonic, junto con la colección de libros sobre saberes arcanos del difunto, para su estudio y eventual traducción. Pero pronto hasta los mejores lingüistas se dieron cuenta que no iba a ser tarea fácil descifrarlo. No se encontró, en cambio, la menor huella del antiguo oro con el que Wilbur y el viejo Whateley solían pagar a sus acreedores.

El horror se desató durante la noche del 9 de septiembre. Los ruidos de la montaña habían sido muy fuertes aquella tarde y los perros ladraron con extraordinario estrépito a lo largo de toda la noche. Quienes madrugaron el día 10 advirtieron un peculiar hedor en la atmósfera. Hacia las siete de la mañana Luther Brown, el mozo de la granja de George Corey, situada entre el barranco de Cold Spring y el pueblo, bajó a toda velocidad, presa de una gran agitación, del pastizal de diez acres a donde había llevado a pacer las vacas. Estaba aterrado de espanto cuando entró a trompicones en la cocina de la granja, mientras las no menos despavoridas vacas se ponían a patalear y mugir en tono lastimero en el corral, tras seguir al chico todo el camino de vuelta tan aterrorizadas como él. Sin cesar de jadear, Luther trató de explicar lo que había visto a la señora Corey.

—Arriba, en el camino que hay por encima del barranco, Mrs. Corey… ¡algo pasa allí! Es como si hubiese caído un rayo. Todos los matorrales y arbolillos del camino han sido segados como si toda una casa les hubiera pasado por encima. Y eso no es lo peor, ¡qué va! Hay huellas en el camino, señora. Corey… enormes huellas circulares tan grandes como la tapa de un tonel, y muy profundas en la tierra, como si hubiese pasado un elefante por allí, ¡solo que las huellas tendrán más de un metro! Miré de cerca una o dos antes de salir corriendo y pude descubrir que todas estaban cubiertas por unas líneas que salían del mismo lugar, en abanico, como si fuesen enormes hojas de palmera —solo que dos o tres veces más grandes— incrustadas en el camino. Y el olor era irresistible, igual que el que se respiraba cerca de la vieja casa de Whateley...

Al llegar aquí el muchacho vaciló y parecía como si el miedo que le había hecho llegar corriendo todo el camino se apoderase de él otra vez. La señora Corey, viendo que no podía sonsacarle más detalles, se puso a telefonear a los vecinos, con lo que empezó a extenderse el pánico, como prólogo de nuevos y mayores horrores, por toda la comarca. Cuando llamó a Sally Sawyer —ama de llaves en la granja de Seth Bishop, la finca más cercana a la de los Whateley—, le tocó escuchar en lugar de hablar, pues el hijo de Sally, Chauncey, que no podía dormir, había subido por la ladera en dirección a la casa de los Whateley y bajó corriendo a toda velocidad aterrado de espanto, tras echar una mirada a la granja y al pastizal donde habían pasado la noche las vacas de los Bishop.

—Sí, señora. Corey —dijo Sally con voz temblorosa desde el otro lado del hilo telefónico—. Chauncey acaba de regresar despavorido, y casi no podía ni hablar del miedo que traía. Dice que la casa entera del viejo Whateley ha volado por los aires y que hay un montón de restos de madera desperdigados por el suelo, como si hubiese estallado una carga de dinamita en su interior. Apenas se ha salvado otra cosa que el suelo de la planta baja, pero está totalmente cubierto por una especie de sustancia viscosa que huele espantosamente y corre por el suelo hasta donde están los trozos de madera desparramados. Y en el corral hay unas horribles huellas, unas enormes huellas de forma circular, más grandes que la tapa de un tonel, y todo está lleno de esa sustancia asquerosa que se ve en la casa destruida. Chauncey dice que el reguero llega hasta el pastizal, donde hay una franja de tierra mucho más grande que un establo totalmente aplastada y que por todos los sitios se ven vallas de piedra abatidas en el suelo.

«Chauncey dice, señora. Corey, que se quedó casi sin habla contemplando las vacas de Seth. Las encontró en los pastizales altos, muy cerca de Devil's Hop Yard, pero daba lástima verlas. La mitad estaban muertas y a casi el resto de las que quedaban les habían chupado la sangre, y presentaban unas llagas igualitas que las que le salieron al ganado de Whateley a partir del día en que nació el rapaz negro de Lavinia. Seth ha salido a ver cómo están las vacas, aunque dudo mucho que se acerque a la granja del brujo Whateley. Chauncey no se paró a mirar qué dirección seguía el gran sendero aplastado una vez pasado el pastizal, pero cree que se dirigía hacia el camino del barranco que lleva al pueblo.

«Créame lo que le digo, señora Corey, hay algo suelto por ahí que no me sugiere nada reconfortante, y pienso que ese negro de Wilbur Whateley —que tuvo el terrible fin que merecía— está detrás de todo esto. No era un ser totalmente humano, y conste que no es la primera vez que lo afirmo. El viejo Whateley debía estar criando algo todavía menos humano que él en esa casa toda tapiada con clavos. Siempre ha habido seres invisibles merodeando alrededor de Dunwich, seres invisibles que no tienen nada de humano ni auguran nada agradable.

«La tierra estuvo hablando anoche, y hacia el amanecer Chauncey oyó a las chotacabras armar tal escándalo en el barranco de Cold Spring que no le dejaron dormir ni un minuto. Después le pareció oír otro ruido débil hacia donde está la granja del brujo Whateley, semejante a una rotura o crujido de madera, como si alguien abriese a lo lejos una gran caja o embalaje de madera. Entre unas cosas y otras no logró dormir lo más mínimo hasta bien entrado el día, y no mucho antes se levantó esta mañana. Hoy se propone volver a la finca de los Whateley a ver qué ocurre por allí. Pero ya ha visto más de la cuenta, se lo digo yo, señora. Corey. No sé qué pasará, aunque no presagia nada bueno. Los hombres deberían organizarse e intentar hacer algo. Todo esto es ciertamente espantoso, y creo que se acerca mi turno. Solo Dios sabe qué va a suceder.

«¿Le ha dicho algo Luther de la dirección que seguían las enormes huellas? ¿No? Pues bien, señora. Corey, si estaban en este lado del camino del barranco y todavía no se han dejado ver por su casa, supongo que deben haber bajado al fondo del barranco, ¿dónde si no podrían estar? De siempre he afirmado que el barranco de Cold

Spring no es un lugar saludable y no me embarga la menor confianza. Las chotacabras y las luciérnagas que hay en sus entrañas no parecen criaturas de Dios, y hay quienes cuentan que pueden oírse extraños ruidos y murmullos allá abajo si uno se pone a escuchar en el lugar adecuado, entre la cascada y la Guarida del Oso.

Alrededor del mediodía, las tres cuartas partes de los hombres y jóvenes de Dunwich salieron a dar una batida por los caminos y prados que había entre las recientes ruinas de lo que fuera la finca de los Whateley y el barranco de Cold Spring, descubriendo horrorizados con sus propios ojos las gigantescas y monstruosas huellas, las agonizantes vacas de Bishop, toda la misteriosa y pestilente desolación que reinaba sobre el lugar y la vegetación aplastada y triturada por los campos y a orillas de la carretera. Fuese cual fuese el mal que se había cernido sobre la comarca era evidente que se encontraba en el fondo de aquel enorme y tenebroso barranco, pues todos los árboles de las laderas se veían doblados o tronchados, y una gran avenida se había abierto por entre la maleza que crecía en el precipicio. Daba la impresión de que un alud hubiese arrastrado toda una casa entera, precipitándola por la intrincada floresta de la vertiente casi cortada a pico. Ningún ruido llegaba del fondo del barranco, únicamente se percibía un lejano e inconcreto hedor. No tiene nada de extraño, pues, que los hombres prefieran quedarse al borde del precipicio y ponerse a discutir, en lugar de bajar y meterse de lleno en el cubil de aquel desconocido espanto monumental. Tres perros que acompañaban al grupo se pusieron a ladrar furiosamente en un primer momento, pero una vez al borde del barranco cesaron de ladrar y parecían asustados y nerviosos. Alguien llamó por teléfono al *Aylesbury Chronicle* para comunicar la noticia, pero el director, acostumbrado a oír las más peregrinas historias procedentes de Dunwich, se limitó a redactar un artículo humorístico sobre el tema, artículo que posteriormente sería reproducido por la *Associated Press*.

Aquella noche todos los vecinos de Dunwich y su comarca se recogieron en casa, y no hubo granja o establo en que no se atrancara la puerta lo más sólidamente posible. No es necesario advertir que ni una sola cabeza de ganado pasó la noche en los pastizales. Hacia las dos de la mañana un sofocante hedor y los furiosos ladridos de los perros despertaron a la familia de Elmer Frye, cuya granja se encontraba situada al extremo este del barranco de Cold Spring, y todos coincidieron en decir haber oído afuera una especie de chapoteo o golpe seco. La señora Frye propuso telefonear enseguida a los vecinos, pero cuando su marido estaba a punto de decirle que lo hiciese se percibió un crujido de madera que vino a interrumpir sus deliberaciones. Al parecer, el ruido procedía del establo, y fue seguido por escalofriantes mugidos y pataleos de las vacas. Los perros se pusieron a echar espumarajos por la boca y se refugiaron a los pies de los miembros de la familia Frye, despavoridos de terror. El dueño de la casa, movido por la fuerza de la costumbre, encendió un farol, pero tenía asumido que salir fuera al oscuro corral significaba la muerte. Los niños y las mujeres lloriqueaban, pero procuraban no hacer ruido obedeciendo a algún oscuro y atávico sentido de conservación que les decía que sus vidas dependían de que guardasen absoluto silencio. Finalmente, el ruido del ganado remitió hasta no pasar de lastimeros mugidos, seguido de una serie de chasquidos, crujidos y fragores impresionantes. Los Frye, apiñados en el salón, no se atrevieron a dar un paso para nada hasta que no se desvanecieron los últimos ecos ya muy en el interior del barranco de Cold Spring. Después, entre los débiles mugidos que seguían saliendo del establo y los endiablados chirridos de las últimas chotacabras todavía despiertas en el fondo del barranco, Selina Frye se aproximó, vacilante, al teléfono y difundió a los cuatro vientos cuanto había experimentado sobre la segunda fase del horror.

Al día siguiente, la comarca entera era presa de un pánico atroz, y podía verse un continuo trasiego de atemorizados y silenciosos grupos de gente que se acercaban al lugar donde había tenido lugar el horripilante acontecimiento nocturno. Dos gigantescas franjas de destrucción se extendían desde el barranco hasta la granja de Frye, en tanto unas monstruosas huellas cubrían la tierra privada de toda vegetación y una fachada del viejo establo pintado de rojo se había derrumbado. De los animales, solo se consiguió encontrar e identificar a la cuarta parte. Algunas de las vacas se hallaban pulverizadas en pequeños fragmentos y a las que sobrevivieron no hubo más remedio que sacrificarlas. Earl Sawyer propuso ir en busca de ayuda a Arkham o Aylesbury, pero muchos desestimaron su propuesta por estimarla inútil. El anciano Zebulón Whateley, de una rama de la familia a caballo entre el sano juicio y la degradación, aventuró, de forma harto increíble, que lo mejor sería celebrar rituales en las cumbres montañosas. De siempre se habían observado minuciosamente en su familia las tradiciones y sus recuerdos de cantos en los grandes círculos de piedra no tenían ningún parecido con lo que pudieran haber hecho Wilbur y su abuelo.

La noche se hizo sobre la desgraciada comarca de Dunwich, demasiado pasiva para conseguir poner en marcha una eficaz defensa contra la amenaza que se abatía sobre ella. En algunos casos, las familias con estrechos vínculos se cobijaron bajo un mismo techo para estar ojo avizor en medio de la cerrada oscuridad nocturna, pero, por lo general, volvieron a repetirse las escenas de levantamiento de barricadas de la noche precedente y los vanos e ineficaces gestos de cargar los herrumbrosos mosquetes y colocar las horcas al alcance de la mano. Sin embargo, aquella noche no sucedió nada nuevo salvo algún que otro ruido intermitente en la montaña, y al despuntar el día muchos confiaban que el nuevo horror hubiese desaparecido con igual rapidez con que se presentó. Incluso había algunos espíritus osados que proponían lanzar una expedición de castigo al fondo del barranco, si bien no se aventuraron a predicar con el ejemplo a una mayoría que, en principio, no parecía entusiasmada a seguirles.

Al llegar de nuevo la noche volvieron a repetirse las escenas de las barricadas, aunque esta vez fueron menos las familias que se reunieron bajo un mismo techo. A la mañana siguiente, tanto en la granja de Frye como en la de Bishop pudo observarse cierta agitación entre los perros e indefinidos sonidos y pestilentes olores en la lejanía, mientras que los expedicionarios más madrugadores se horrorizaron al descubrir otra vez, y recientes, las monstruosas huellas en el camino que bordeaba Sentinel Hill. Al igual que en ocasiones anteriores, las orillas del camino estaban chafadas, prueba de que por allí había pasado el imponente y monstruoso horror infernal que abatía la comarca. Esta vez la conformación de las huellas parecía sugerir que había marchado en ambas direcciones, como si una montaña movediza hubiese salido del barranco de Cold Spring para regresar después por la misma senda. Al pie de la montaña podía verse por lo más abrupto una franja de unos nueve metros de anchura, de matorrales y arbolillos aplastados, y quienes aquello veían no salían de su asombro al comprobar que ni tan solo las más empinadas pendientes hacían torcer la trayectoria del despiadado sendero. Fuese lo que fuese, aquel horror podía escalar paredes de roca desnuda y cortadas a pico. Como los expedicionarios optasen por subir a la cima por una ruta más segura, se encontraron con que una vez arriba desaparecían las huellas... o, mejor dicho, daban la vuelta.

Era precisamente allí, en la cumbre de Sentinel Hill, donde los Whateley solían celebrar sus diabólicas hogueras y entonar sus no menos infernales rituales ante la piedra con forma de mesa en las fechas de la Víspera de Mayo y de Todos los Santos. Ahora, la piedra constituía el centro de una amplia extensión de terreno arrasado por el horror de la montaña, mientras que encima de su superficie ligeramente cóncava podía observarse una masa espesa y fétida de la misma sustancia bituminosa que había en el piso de la derruida granja de los Whateley cuando el horror se alejó de allí. Los hombres se miraron unos a otros y se susurraron algo al oído. Después, dirigieron la mirada hacia abajo. Al parecer, el horror había descendido prácticamente por el mismo sendero por el que había ascendido. Toda especulación estaba fuera de lugar. La razón, la lógica y las ideas normales que pudieran ocurrírseles se hallaban sumidas en la más completa confusión. Solo el anciano Zebulón, que no iba acompañando al grupo, habría sabido apreciar en su justo término la situación o encontrar una posible explicación a todo ello.

La noche del jueves comenzó igual que casi todas las anteriores, pero finalizó bastante peor. Las chotacabras del barranco no pararon de chirriar ni un instante armando tal ruido que fueron muchos los vecinos de Dunwich que no consiguieron dormir, y a eso de las tres de la madrugada todos los teléfonos de la localidad se pusieron a sonar repetidamente. Quienes descolgaron el auricular oyeron a una aterrada voz proferir en tono desgarrador «¡Socorro! ¡Dios mío!...», y algunos creyeron escuchar un espantoso ruido, tras lo cual la voz se cortó. No se escuchó ni un sonido más. Pero nadie se atrevió a salir y hasta la mañana siguiente no se supo de dónde procedía la llamada. Todos cuantos la escucharon se llamaron por teléfono entre sí, descubriendo que únicamente no contestaban en casa de los Frye. La verdad salió a la luz al cabo de una hora cuando, tras juntarse a toda prisa, un grupo de hombres armados se dirigió a la finca de los Frye que estaba en la boca misma del barranco. Lo que allí se veía era espantoso, pero en modo alguno constituía una sorpresa. Se veían nuevas franjas aplastadas y monstruosas huellas. La casa de los Frye se había hundido como si del cascarón de un huevo se tratase, y entre las ruinas no pudo advertirse ningún resto vivo o muerto. Solo un asfixiante hedor y una viscosidad bituminosa. La familia Frye había sido totalmente borrada de la faz de Dunwich.

VIII

Entre tanto, en Arkham, tras la puerta cerrada de una estancia con las paredes llenas de estanterías, tenía lugar otra fase del horror, algo más apacible pero no menos estimulante desde una perspectiva espiritual. El extraño manuscrito o diario de Wilbur Whateley, entregado a la Universidad de Miskatonic para su oportuna traducción, había sido objeto de muchos quebraderos de cabeza y no pocas muestras de desconcierto entre los especialistas en lenguas antiguas y modernas del claustro. Su mismo alfabeto, a pesar de la semejanza que a primera vista guardaba con la variante del árabe hablado en Mesopotamia, resultaba totalmente desconocido a las autoridades en la materia. La última conclusión de los lingüistas fue que el texto ofrecía un alfabeto artificial, debiendo tratarse de criptogramas, aunque ninguno de los métodos criptográficos en uso pudo aportar la más mínima pista para su desciframiento, aunque se emplearan las lenguas que se suponía conocía el autor de aquellas páginas. En cuanto a los antiguos libros descubiertos en el domicilio de los Whateley, si bien presentaban un gran interés y en varios casos prometían abrir nuevas y tenebrosas sendas de investigación entre los filósofos y hombres de ciencia, no contribuyeron para nada a resolver el enigma. Uno de ellos, un pesado volumen con un cierre metálico, estaba escrito en otro alfabeto también desconocido, si bien sus caracteres eran muy diferentes y guardaba cierta semejanza con el sánscrito. Finalmente, el viejo libro mayor cayó en manos del Dr. Armitage, y ello tanto en atención al especial interés que había demostrado en el caso Whateley como por sus profundos conocimientos lingüísticos y experiencia en las fórmulas místicas de la antigüedad y del medioevo.

Armitage sabía que el alfabeto se empleaba con fines esotéricos por ciertos ancestrales cultos procedentes de épocas pasadas y que habían adoptado numerosos rituales y tradiciones de los zahoríes del mundo sarraceno. Sin embargo, aquello no pasaba de tener una importancia secundaria, pues no era necesario conocer el origen de los símbolos si, como sospechaba, eran utilizados como criptogramas dentro de una lengua moderna. Estaba persuadido de que, debido a la voluminosa cantidad de texto que contenía, el autor difícilmente se habría tomado la molestia de utilizar otra lengua que la suya, salvo quizá cuando deseaba expresar ciertas fórmulas mágicas o conjuros determinados. En consecuencia, se dispuso a atacar el manuscrito partiendo de la hipótesis de que el grueso del mismo se encontraba en inglés.

Armitage sabía muy bien, tras los repetidos fracasos de sus colegas, que el enigma que celosamente guardaba aquel texto resultaría difícil de descifrar y sería ardua tarea, por lo que había que dejar a un lado cualquier intento de aplicar métodos sencillos de investigación. Los últimos diez días de agosto los dedicó a recopilar todos los tratados de criptografía que pudo encontrar, valiéndose de la abundante bibliografía con que contaba la biblioteca y descifrando noche tras noche los saberes arcanos que se ocultaban en textos como la *Poligraphia* de Tritomio, el *De furtivis literarum notis* de Giambattista Porta, el *Traité des chiffres* de De Vigenere, el *Cryptomenysis patefacta* de Falconer, los tratados del siglo XVIII de Davys y Thicknesse y otros de autoridades en la materia tan recientes como Blair, Von Marten, amén de los escritos de Klüber[14]. Con el tiempo acabó por convencerse de que se enfrentaba a uno de esos criptogramas especialmente sutiles e ingeniosos en los que muchas listas de letras separadas y que se corresponden entre sí se ofrecen como si se tratara de una tabla de multiplicar, construyéndose el mensaje a partir de palabras clave arbitrarias solo conocidas por los iniciados. Las autoridades de mayor antigüedad parecían ser de mayor ayuda que las de épocas más modernas, de lo que Armitage dedujo que el código del manuscrito debía tener una gran antigüedad, transmitido sin duda a través de toda una larga cadena de ensayistas místicos. Varias veces pareció estar a punto de ver la luz esclarecedora, pero, súbitamente, algún obstáculo ocasional le hacía retroceder en la marcha de la investigación. Hasta que, prácticamente ya encima septiembre, las nubes empezaron a disiparse. Ciertas letras, tal como estaban utilizadas en determinados pasajes del manuscrito, fueron identificadas definitiva e inequívocamente, poniéndose de relieve que el texto se hallaba escrito en inglés.

En la tarde del 2 de septiembre cayó, por fin, la última barrera importante que se interponía a la comprensión del texto, y Armitage vio coronados sus esfuerzos al leer por vez primera un pasaje entero de los anales de Wilbur Whateley. En realidad se trataba de un diario, como su disposición hacía suponer, y estaba redactado en un estilo que mostraba claramente una simbiosis de profunda erudición en el campo de las ciencias herméticas y de incultura general por parte del misterioso autor.

Ya el primer pasaje largo que logró descifrar Armitage —una anotación fechada el 26 de noviembre de 1916— resultó sorprendente e intranquilizador. Recordó que el autor de aquellas líneas era un niño de tres años y medio por entonces, si bien aparentaba ser un adolescente de doce o trece.

Hoy aprendí el Aklo[15] para el Sabaoth[16], pero no me gustó pues podía contestarse desde la montaña y no desde el aire. Lo del piso

14 Todas estas obras y autores son auténticos y están recogidos en el artículo sobre *Criptografía* de la *Enciclopedia Británica.*

15 Mítico lenguaje secreto.

16 Día del *aquelarre* de las brujas.

de arriba me aventaja más de lo que pensaba y no parece que posea mucho cerebro terrestre. Al ir a morderme maté de un tiro a Jack, el perro pastor de Elam Hutchins, y Elam dijo que si llegaba a morderme me mataría. Confío en que no lo haga. Anoche el abuelo me hizo pronunciar la fórmula mágica Dho[17] y me pareció ver la ciudad secreta en los dos polos magnéticos. Una vez arrasada la tierra iré a esos polos, si es que no logro descubrir la fórmula Dho-Hna cuando me la aprenda. Los del aire me dijeron en el Sabat[18] que la tarea de arrasar la tierra me llevará muchos años; para entonces supongo que ya habrá muerto el abuelo, así que voy a tener que aprender la posición de todos los ángulos de las superficies planas y todas las fórmulas mágicas que hay entre Yr y Nhhngr[19]. Los del exterior me ayudarán, pero para cobrar forma corpórea requieren sangre humana. Parece que lo de arriba tendrá buen aspecto. Puedo atisbarlo cuando hago la señal Voorish[20] o soplo los polvos mágicos de Ibu Ghazi, y se parece mucho a ellos el día de la Víspera de Mayo en la Montaña. La otra cara la encuentro algo borrosa. Me pregunto qué aspecto tendré cuando la tierra haya sido arrasada y no quede ni un solo ser sobre ella. El que vino con el Aklo Sabaoth dijo que podría transfigurarme para parecer menos del exterior y seguir actuando.

El amanecer sorprendió al Dr. Armitage sudoroso y despavorido de terror, totalmente enfrascado en su lectura. No había levantado

17 La repetición de esta palabra proporciona al adivino una vista del lugar deseado.

18 Asimilado a *Sabbat* o *Sabaoth*. En su origen se trata del día santo de los hebreos (el sábado), pero debido al antisemitismo reinante se asimiló al *aquelarre* de las brujas. El autor lo utiliza como día reservado a un ritual religioso. El *Aklo para el Sabaoth* es una fórmula destinada a invocar seres extradimensionales que solo es efectiva en noches despejadas cuando la luna está en fase creciente y exclusivamente para aquellos espíritus a los cuales *se puede responder desde las montañas*. La repetición de la fórmula *Dho* proporciona al adivino una vista del lugar deseado y con la palabra *Hna* le da el poder de viajar a ese lugar.

19 Fórmulas utilizadas para traer a esta dimensión seres del más allá, de *Kadat* y devolverlos a su lugar de origen.

20 Señal obscena realizada con la mano izquierda y los dedos índice y meñique.

los ojos del manuscrito en toda la noche. Sentado en su escritorio, a la luz de una lámpara eléctrica, fue pasando página tras página con temblorosa mano a medida que descifraba el críptico texto. En medio de tal estado de agitación había telefoneado a su mujer para indicarle que no iría a dormir aquella noche, y cuando a la mañana siguiente le llevó el desayuno a la biblioteca apenas probó bocado. No paró de leer ni un momento durante todo el día, deteniéndose con gran desesperación una que otra vez siempre que se hacía preciso volver a aplicar la difícil clave para desentrañar el texto. Le llevaron la comida y la cena a su despacho, pero apenas tomó un pellizco. Al día siguiente, ya bien entrada la noche, se quedó amodorrado sobre la silla, pero no tardaría en despertarse tras asaltarle unas pesadillas casi tan espantosas como la amenaza que planeaba sobre la humanidad entera y que acababa de descubrir.

La mañana del 4 de septiembre el profesor Rice y el Dr. Morgan insistieron en ver a Armitage siquiera un instante, saliendo de la entrevista temblorosos y con el semblante cerúleo. Al anochecer Armitage se fue a la cama, pero solo de vez en cuando pudo conciliar el sueño. Al día siguiente, miércoles, volvió a tener atención en la lectura del manuscrito y tomó infinidad de notas, tanto de los pasajes que iba leyendo como de los ya descifrados. En la madrugada se quedó dormido unos momentos en un sillón del despacho, pero antes de que amaneciese ya estaba otra vez con la vista sobre el manuscrito. Todavía no habían dado las doce cuando su médico, el doctor Hartwell, fue a verle e insistió, por su propio bien, en la necesidad de que dejase de trabajar. Pero Armitage se negó a seguir los consejos del médico, alegando que para él era de vital importancia acabar de leer el diario, al tiempo que le prometía una explicación más detallada en su momento oportuno. Aquella tarde, justo en el momento en que empezaba a oscurecer, acabó su alucinante y agotadora transcripción y se dejó caer sobre la silla totalmente agotado. Su mujer, que acudió a llevarle la cena, le encontró postrado en un estado casi comatoso, pero Armitage todavía conservaba la conciencia suficiente como para lanzar un extraordinario chillido, que la hizo retroceder, al descubrir que sus ojos se posaban en las notas que había tomado. Levantándose como pudo de la silla, recogió las hojas garrapateadas que había sobre la mesa y las metió en un gran sobre que guardó en el bolsillo interior del abrigo. Todavía le quedaban fuerzas para volver a casa andando, pero estaba tan claro que precisaba de auxilios médicos que hubo que llamar urgentemente al doctor Hartwell. Al irse a la cama, siguiendo las indicaciones del médico, no cesaba de repetir una y otra vez «Pero ¿qué hacer, Dios mío?, ¿qué hacer?»

Armitage durmió toda aquella noche, pero al día siguiente estuvo delirando a ratos. No dio ninguna explicación al doctor Hartwell, pero en sus momentos de lucidez hablaba de la ineludible necesidad de mantener una larga reunión con Rice y Morgan. No había quien entendiera su delirio, en el que hacía desesperados llamamientos para que se destruyera algo que decía se encontraba en una casa herméticamente cerrada con tablones, al tiempo que hacía increíbles alusiones a un plan para eliminar de la faz de la tierra a toda la especie humana, y a toda la vida vegetal y animal, que se proponía llevar a cabo una terrible y antiquísima raza de seres procedentes de otras dimensiones siderales. En sus gritos afirmaba cosas como que el mundo estaba en peligro, pues los Seres Primigenios se habían propuesto destruirlo y barrerlo del sistema solar y del cosmos de la materia para sumirlo en otro nivel, o fase incorpórea, del que había surgido hacía billones y billones de milenios. En otros momentos pedía que le trajera el temible *Necronomicón* y el *Daemonolatreia* de Remigio, volúmenes ambos en los que estaba persuadido de encontrar la fórmula adecuada con la que conjurar tan terrible peligro.

—¡Hay que detenerlos, hay que detenerlos como sea! —se ponía a gritar desesperadamente—. Los Whateley se proponen abrirles el camino, y lo peor de todo todavía está por llegar. Digan a Rice y Morgan que hay que hacer algo. Es una operación que entraña un gran peligro, pero yo sé cómo fabricar los polvos... No ha recibido ningún alimento desde el 2 de agosto, el día en que Wilbur vino a morir aquí, y a estas alturas...

Pero Armitage, pese a sus setenta y tres años, tenía todavía una naturaleza de hierro y el trastorno se le pasó a lo largo de la noche, y no vino acompañado de delirio. El viernes se levantó ya avanzado el día, con la cabeza clara, aunque con el semblante serio por el miedo que le carcomía las entrañas y por la enorme responsabilidad que ahora pesaba sobre él. El sábado por la tarde se sintió con fuerzas para ir a la biblioteca y mantener una reunión con Rice y Morgan; los tres hombres estuvieron devanándose los sesos el resto del día con las más peregrinas especulaciones y los más deslumbrantes debates. Sacaron montones de espantosos libros sobre saberes arcanos de las estanterías y de los lugares donde estaban guardados celosamente, y estuvieron copiando esquemas y fórmulas mágicas con febril prisa y en cantidades ingentes. No cabía la menor duda sobre ello. Los tres habían visto el agonizante cuerpo de Wilbur Whateley postrado en una estancia de aquel mismo edificio, por lo que a ninguno de ellos se le pasó siquiera por la cabeza considerar el diario como los delirios de un enajenado.

Las opiniones sobre la conveniencia de dar cuenta a la policía de Massachusetts estaban divididas, imponiéndose la negativa en último momento. Había cosas en todo el plan que resultaban muy difíciles, por no decir imposibles, de creer por quienes no estaban al tanto de todo lo que allí sucedía, como muy bien se vería tras varias investigaciones realizadas con posterioridad a los hechos. Ya entrada la noche la sesión se levantó sin que hubieran trazado un plan definitivo, pero durante todo el domingo Armitage estuvo ocupado cotejando fórmulas mágicas y haciendo combinaciones de productos químicos sacados del laboratorio de la universidad. Cuanto más tenía en la cabeza el infernal diario, más dudas le asaltaban sobre la eficacia de cualquier agente material para destruir al ser que Wilbur Whateley había dejado tras de sí… el amenazador ser, desconocido para él, que unas horas después habría de abatirse sobre la localidad y terminaría siendo trágicamente conocido por el horror de Dunwich.

El lunes apenas fue nuevo en relación con la víspera para Armitage, pues la tarea en que estaba inmerso requería continuas búsquedas y experimentos. Nuevas consultas del diario de aquel monstruoso ser trajeron como consecuencia una serie de cambios en el plan fraguado primitivamente, y, con todo, sabía que al final seguiría adoleciendo de grandes fallas y riesgos. Para el martes ya había delineado una línea precisa de actuación y estaba seguro de que en menos de una semana estaría en condiciones de trasladarse a Dunwich. Pero con el miércoles vino la gran conmoción. Casi inadvertido, en una esquina del Arkham Advertiser, podía verse un pequeño despacho de la agencia Associated Press en el que se comentaba en tono jocoso que el whisky introducido de contrabando en Dunwich había originado un monstruo que batía todos los récords. Armitage, sobrecogido ante la noticia, telefoneó al momento a Rice y a Morgan. Hasta bien entrada la noche estuvieron discutiendo los planes a seguir, y al día siguiente se lanzaron rápidamente a hacer los preparativos para el viaje. Armitage sabía muy bien que iban a tener que habérselas con terribles fuerzas, pero también veía claramente que era el único medio de acabar con aquel maléfico peligro que otros antes que él habían venido a complicar y agravar.

IX

El viernes por la mañana Armitage, Rice y Morgan marcharon en automóvil hacia Dunwich, llegando al pueblo alrededor de la una de la tarde. Hacía un día espléndido, pero hasta en el fuerte sol reinante parecía presagiarse una inquietante tranquilidad, como si algo espantoso se abatiese sobre aquellas montañas misteriosamente terminadas en forma de bóveda y sobre los profundos y sombríos barrancos de la desértica región. De vez en cuando podía descubrirse recortado contra el cielo un lúgubre círculo de piedras en las cumbres montañosas. Por la atmósfera de silenciosa tensión que se respiraba en la tienda de Osborn, los tres investigadores comprendieron que algo horrible había pasado, y pronto se enteraron de la desaparición de la casa y de la familia entera de Elmer Frye. Durante toda la tarde estuvieron recorriendo los alrededores de Dunwich, preguntando a la gente qué había ocurrido y viendo con sus propios ojos, en medio de un creciente espanto, las pavorosas ruinas de la casa de los Frye con sus persistentes restos de aquella sustancia bituminosa, las espantosas huellas dejadas en el corral, el ganado malherido de Seth Bishop y las impresionantes franjas de vegetación arrasada que había por todas partes. El sendero dejado a todo lo largo de Sentinel Hill le pareció a Armitage de una significación casi devastadora, y durante un buen rato se quedó observando la siniestra piedra en forma de altar que se divisaba en la cúspide.

Finalmente, los investigadores de Arkham, enterados de que aquella misma mañana habían llegado unos policías de Aylesbury en respuesta a las primeras llamadas telefónicas dando cuenta de la tragedia acaecida a los Frye, decidieron ir en busca de los agentes y debatir con ellos sus impresiones sobre la situación. Pero una cosa fue decirlo y otra hacerlo, pues no se veía a los policías por ninguna parte. Habían venido en total cinco en un coche, que se encontró abandonado en un lugar próximo a las ruinas del corral de Elmer Frye. Las gentes de la localidad, que hacía tan solo un rato habían estado hablando con los policías, se encontraban tan asombradas como Armitage y sus compañeros. Fue entonces cuando al viejo Sam Hutchins se le vino a la cabeza una idea y, lívido, dio un codazo a Fred Farr al tiempo que señalaba hacia el profundo y rezumante abismo que se abría frente a ellos.

—¡Dios mío! —dijo jadeando—. ¡Mira que les puse en guardia de que no bajasen al barranco! Nunca se me ocurriría que fuera a meterse nadie ahí con esas huellas y ese olor y con las chotacabras armando tal griterío a plena luz del día…

Un escalofrío se apoderó de todos los allí congregados —granjeros e investigadores— al oír las palabras del viejo Hutchins, y todos aguzaron instintivamente el oído. Armitage, ahora que se enfrentaba por vez primera al horror y su destructiva labor, no pudo evitar temblar ante la responsabilidad que se le venía encima. Pronto caería la noche sobre la comarca, las horas en que la gigantesca monstruosidad salía de su cubil para continuar sus destructivas incursiones. *Negotium perambulans in tenebris…*[21] El anciano bibliotecario se puso a recitar la fórmula mágica que había aprendido de memoria, al tiempo que estrujaba con la mano el papel en que se contenía la otra fórmula alternativa que no había memorizado.

21 Cita bíblica: "La pestilencia que vaga en las tinieblas."

Acto seguido, comprobó que su linterna se encontraba en perfecto estado. Rice, que estaba a su lado, sacó de un maletín un pulverizador de esos que se utilizan para combatir los insectos, mientras Morgan desenfundaba el rifle de caza en el que seguía confiando pese a las advertencias de sus compañeros de que las armas no valdrían de nada frente a tan monstruoso ser.

Armitage, que había leído el terrorífico diario de Wilbur, sabía muy bien qué clase de materialización podía encontrar, pero no quiso atemorizar más a los vecinos de Dunwich con nuevos indicios o pistas. Confiaba en poder librar al mundo de aquel horror sin que nadie se enterase de la amenaza que se cernía sobre la humanidad entera. A medida que la oscuridad fue haciéndose más densa los vecinos de Dunwich comenzaron a dispersarse e iniciaron el regreso a casa, ansiosos por encerrarse en su interior pese a la evidencia de que no había cerrojo o cerradura que pudiese resistir los embates de un ser de tan descomunal y de tanta fuerza que podía tronchar árboles y triturar casas a su antojo. No vieron claro al enterarse del plan que tenían los investigadores de permanecer de guardia en las ruinas de la granja de Frye, próxima al barranco. Al despedirse de ellos, casi no tenían esperanzas de volver a verlos con vida a la mañana siguiente.

Aquella noche se oyó un enorme fragor en las montañas y las chotacabras chirriaron con infernal estrépito. De vez en cuando, el viento que subía del fondo del barranco de Cold Spring traía un hedor irresistible a la ya cargada atmósfera nocturna, un hedor como el que aquellos tres hombres ya habían tomado contacto en una anterior ocasión al encontrarse frente a aquella moribunda criatura que durante quince años y medio pasó por un ser humano. Pero la tan esperada monstruosidad no se dejó ver en toda la noche. No cabía duda, lo que había en el fondo del barranco aguardaba el momento favorable, y Armitage dijo a sus compañeros que sería suicida intentar atacarlo en medio de la oscuridad de la noche.

Con las primeras horas del día cesaron los ruidos. La mañana se levantó gris, desapacible y con intermitentes ráfagas de lluvia, mientras densos nubarrones se acumulaban del otro lado de la montaña en dirección noroeste. Los tres científicos de Arkham no sabían cómo actuar. Comoquiera que la lluvia aumentase se guarecieron bajo una de las pocas construcciones de la granja de los Frye que todavía quedaban en pie, en donde discutieron la conveniencia de continuar esperando o arriesgarse y bajar al fondo de la sima a la caza de la monstruosa y abominable presa. El aguacero arreciaba por instantes y en la lejanía se percibía el fragor producido por los truenos, en tanto que el cielo resplandecía por los relámpagos que lo rasgaban, y muy cerca de donde se encontraban se vio caer un rayo, como si directamente se dirigiese al infernal barranco. El cielo se oscureció totalmente, y los tres científicos esperaban que la tormenta, aunque violenta, pasara rápidamente y después aclarará.

Todavía continuaba cubierto de negros nubarrones el cielo cuando, no haría siquiera una hora, hasta ellos llegó una auténtica confusión de voces que se acercaba por el camino. Al poco, pudo divisarse un grupo despavorido integrado por algo más de una docena de hombres que venían corriendo, y no cesaban de gritar y hasta de sollozar demencialmente. Uno de los que marchaban a la cabeza prorrumpió a balbucir palabras ininteligibles, sintiendo un pavoroso escalofrío los investigadores de Arkham cuando las palabras adquirieron significado.

—¡Oh, Dios mío, Dios mío! —se oyó murmurar a alguien con una voz entrecortada—. ¡Vuelve de nuevo, y esta vez en pleno día! ¡Ha salido, ha salido y ahora se mueve! ¡Que el Señor nos proteja!

Tras oírse unos jadeos, la voz se hundió en el silencio, pero otro de los hombres volvió a coger el hilo de lo que decía el primero.

—Hace casi una hora Zeb Whateley oyó sonar el teléfono. Quien llamaba era la señora Corey, la mujer de George, el que habita abajo en el cruce. Dijo que Luther, el mozo, había salido en busca de las vacas al ver el espantoso rayo que cayó, cuando descubrió que los árboles se doblaban en la boca del barranco —del lado opuesto de la vertiente— y percibió idéntica pestilencia que la que se respiraba en las cercanías de las grandes huellas el lunes por la mañana. Y según ella, Luther dijo haber oído una especie de crujido o chapoteo, un ruido mucho más fuerte que el producido por los árboles o arbustos al doblarse, y de repente los árboles que había a orillas del camino se inclinaron hacia un lado y se escuchó un atronador ruido de pisadas y un chapoteo en el barro. Pero, aparte de los árboles y la maleza doblados, Luther no vio nada.

Después, más allá de donde el arroyo Bishop pasa por debajo del camino pudo oír unos terribles crujidos y chasquidos en el puente, y dijo que era como si fuese madera que estuviese resquebrajándose. Pero, aparte de los árboles y los matorrales doblados, no observó nada en absoluto. Y cuando los crujidos se perdieron a lo lejos —en el camino que lleva a la granja del brujo Whateley y a la cumbre de Sentinel Hill—, Luther tuvo el valor de acercarse al lugar donde se oyeron los ruidos primero y se puso a mirar al suelo. No se distinguía otra cosa que agua y barro, el cielo estaba gris y la lluvia que caía empezaba a borrar las huellas, pero cerca de la boca del barranco, donde los árboles se hallaban caídos por el suelo, todavía había marcada unas monstruosas huellas tan gigantescas como las que vio el lunes pasado.

Al llegar aquí, tomó la palabra el hombre que había hablado en primer lugar.

—Pero eso no es lo peor; eso fue solo el comienzo. Zeb convocó a la gente y todos estaban escuchando cuando se cortó una llamada telefónica que hacían desde la casa de Seth Bishop. Sally, la mujer de Seth, no paraba de hablar muy nerviosa, acababa de ver los árboles tronchados al borde del camino, y dijo que una especie de ruido acorchado, parecido al de las pisadas de un elefante, se dirigía hacia la casa. Después, manifestó que un olor insoportable se metió de súbito por todos los rincones de la casa y que su hijo Chauncey no cesaba de gritar que el olor era idéntico al que había en las ruinas de la granja de Whateley el lunes por la mañana. Y, a todo esto, los perros no paraban de lanzar espantosos aullidos y ladridos.

«De pronto, Sally pegó un fenomenal grito y dijo que el cobertizo que había junto al camino se había derrumbado como si la tormenta se lo hubiese llevado por delante, únicamente que casi no corría viento para pensar en algo así. Todos escuchábamos con atención y a través del hilo podía oírse el jadeo de una muchedumbre de gargantas pegadas al teléfono. De repente, Sally volvió a proferir un espantoso grito y dijo que la cerca que había delante de la casa acababa de derrumbarse, aunque no se veía la menor señal que indicara la causa. Después, todos los que estaban pegados al hilo oyeron chillar también a Chauncey y al viejo Seth Bishop, y Sally decía a gritos que algo enorme se había abalanzado sobre la casa, no un rayo ni nada por el estilo, sino algo descomunal que presionaba contra la fachada y los golpes eran constantes, aunque no se veía nada a través de las ventanas. Y después... y después...

El terror podía verse reflejado en todos los rostros, y Armitage, aun cuando no estaba menos aterrado, tuvo el aplomo suficiente para decirle a quien tenía la palabra que prosiguiera.

—Y después... después, Sally lanzó un grito estremecedor y dijo «¡Socorro! ¡La casa se viene abajo!»... y desde el otro lado del hilo pudimos oír un impresionante estruendo y un espantoso griterío... igual que pasó con la granja de Elmer Frye, solo que esta vez peor...

El hombre que hablaba hizo una pausa, y otro de los que venía en el grupo continuó el relato.

—Eso fue todo. No volvió a oírse ni un ruido ni un chillido más. Solo el más aterrador silencio. Quienes lo escuchamos sacamos nuestros coches y furgonetas, y a continuación nos reunimos en casa de Corey todos los hombres sanos y robustos que pudimos encontrar, y hemos venido hasta aquí para que nos aconsejen cómo debemos de obrar. Es posible que todo sea un castigo del Señor por nuestras iniquidades, un castigo del que ningún mortal puede escapar.

Armitage comprendió que había llegado el momento de actuar, con aire resuelto, se dirigió al vacilante grupo de aterrados campesinos.

—No queda más remedio que seguirlo, señores —dijo tratando de dar a su voz el tono más tranquilizador posible—. Creo que hay una posibilidad de acabar para siempre con lo que quiera que sea ese monstruo. Todos ustedes conocen de sobra la fama de brujos que tenían los Whateley, pues bien, este abominable ser tiene mucho de brujería, y para terminar con él hay que recurrir a los mismos procedimientos que utilizaban ellos. He visto el diario de Wilbur Whateley y examinado algunos de los extraños y antiguos libros que acostumbraba a leer, y creo conocer el conjuro que debe pronunciarse para que desaparezca de una vez por todas. Ciertamente, no puede hablarse de una seguridad total, pero vale la pena intentarlo. Es invisible —como pensaba—, pero este pulverizador de largo alcance contiene unos polvos que deben hacerlo visible por unos momentos. Dentro de un rato vamos a verlo. Es realmente un ser pavoroso, pero todavía hubiese sido mucho peor si Wilbur hubiese seguido con vida. Nunca llegará a conocerse bien de qué se libró la humanidad con su muerte. Ahora solo tenemos un monstruo contra el que luchar, pero sabemos que no puede multiplicarse. Con todo, es posible que cause todavía mucho daño, así que no hemos de vacilar a la hora de librar al pueblo de semejante monstruo.

«Hay que seguirlo, pues, y la forma de hacerlo es ir a la granja que acaba de ser destruida. Que alguien vaya delante, pues no conozco bien estos caminos, pero supongo que debe haber un atajo. ¿Están conformes?

Los hombres se movieron inquietos sin saber qué hacer, y Earl Sawyer, apuntando con un dedo tiznado por entre la cortina de lluvia que amainaba por momentos, dijo con voz suave: «Creo que el camino más rápido para llegar a la granja de Seth Bishop es atravesar el prado que se divisa ahí abajo y vadear el arroyo por donde es menos profundo, para ascender después por las rastrojeras de Carrier y los bosques que hay seguidamente. Al final se llega al camino alto que pasa a orillas de la granja de Seth, que está del otro lado.»

Armitage, Rice y Morgan se pusieron a caminar en la dirección señalada, mientras la mayoría de los aldeanos marchaban despacio tras ellos. El cielo empezaba a clarear y todo parecía indicar que la tormenta había cesado. Cuando Armitage tomaba sin querer una dirección errónea, Joe Osborn se lo indicaba y se ponía delante para indicar el camino. El valor y la confianza de los hombres del grupo crecían por momentos, aunque la luz crepuscular de la frondosa ladera casi cortada a pico que había al final del atajo —por entre cuyos fantásticos y añejos árboles hubieron de trepar cual si de una escalera se tratase— pusieron tales cualidades a prueba.

Finalmente, llegaron a un camino lleno de barro justo al tiempo que salía el sol. Se encontraban algo más allá de la finca de Seth

Bishop, pero los árboles tronchados y las inequívocas y horribles huellas eran buena prueba de que ya había pasado por allí el monstruo. Apenas se detuvieron unos instantes a contemplar los restos que quedaban alrededor del gigantesco socavón. Era exactamente lo mismo que sucedió con los Frye, y nada vivo ni muerto podía verse entre las ruinas de lo que en otro tiempo fueran la granja y el establo de los Bishop. Nadie quiso permanecer allí mucho tiempo entre aquella pestilencia insoportable y aquella viscosidad bituminosa; todos volvieron instintivamente al sendero de terribles huellas que se dirigían hacia la granja en ruinas de los Whateley y las laderas coronadas en forma de altar de Sentinel Hill.

Al pasar ante lo que fuera la morada de Wilbur Whateley, todos los integrantes del grupo se estremecieron a las claras y sus ánimos comenzaron a debilitarse. No tenía nada de divertido seguir la pista de algo tan grande como una casa y no conseguir verlo, si bien podía respirarse en el ambiente una perversa presencia infernal. Frente al pie de Sentinel Hill las huellas dejaban el camino y podía apreciarse todavía fresca la vegetación aplastada y tronchada a lo largo de la ancha franja que señalaba el camino seguido por el monstruo en su reciente subida y descenso de la montaña.

Armitage sacó un potente catalejo y se puso a escrutar las verdes laderas de Sentinel Hill. Acto seguido, se lo pasó a Morgan, que gozaba de una visión más aguda. Tras mirar unos instantes por el aparato Morgan lanzó un espantoso grito, pasándoselo seguidamente a Earl Sawyer a la vez que le señalaba con el dedo un determinado punto de la ladera. Sawyer, tan inexperto como la mayoría de quienes no están acostumbrados a utilizar instrumentos ópticos, estuvo dándole vueltas unos segundos hasta que finalmente, y gracias a la ayuda de Armitage, consiguió centrar el objetivo. Al localizar el punto, su grito todavía fue más estridente que el de Morgan.

—¡Dios Todopoderoso, la hierba y los matorrales se mueven! Está subiendo... poco a poco... como si reptara... en estos momentos llega a la cima. ¡Que el cielo nos ayude!

La semilla del pánico pareció extenderse entre los expedicionarios. Una cosa era salir a la caza del monstruoso ser, y otra muy distinta encontrarlo. Era muy posible que los conjuros funcionaran, pero ¿y si fallaban? Empezaron a levantarse voces en las que se le formulaba a Armitage todo tipo de preguntas acerca del monstruo, pero ninguna contestación parecía satisfacerles. Todos tenían la impresión de hallarse muy próximos a fases de la naturaleza y de la vida absolutamente desconocidas y radicalmente ajenas a la existencia misma de la humanidad.

X

Por último, los tres investigadores venidos de Arkham —el Dr. Armitage, de canosa barba, el profesor Rice, rechoncho y de cabellos plateados, y el Dr. Morgan, delgado y de aspecto juvenil— terminaron subiendo solos la montaña. Tras enseñar con suma paciencia a los aldeanos sobre cómo enfocar y utilizar el catalejo, lo dejaron con el aterrorizado grupo que se quedó en el camino. A medida que subían aquellos tres héroes, los aldeanos fueron pasándoselo de mano en mano para poder verlos de cerca. La subida era empinada, y en más de una ocasión tuvieron que echar una mano a Armitage. Muy por encima del esforzado grupo expedicionario el gran sendero abierto en la montaña retumbaba como si su infernal hacedor volviera a pasar por él con parsimoniosa alevosía. Así pues, era notorio que los perseguidores ganaban terreno.

Curtis Whateley —de la rama no degenerada de los Whateley— era quien escudriñaba por el catalejo cuando los investigadores de Arkham se desviaron del sendero. Curtis dijo al resto del grupo que, sin duda, los tres hombres trataban de llegar a un pico inferior desde el que se divisaba el sendero, en un lugar muy por encima de donde se estaba aplastando la vegetación en aquellos momentos. Y así fue en efecto, pues los expedicionarios llegaron a la pequeña elevación al poco de que el invisible monstruo pasara por allí.

Después, Wesley Corey, que entonces miraba por el objetivo, gritó con todas sus fuerzas que Armitage se había puesto a ajustar el pulverizador que llevaba Rice, y todo señalaba que algo iba a ocurrir de un momento a otro. El nerviosismo empezó a cundir entre el grupo del camino, pues, según les habían dicho, el pulverizador debería hacer visible por unos instantes al desconocido horror. Dos o tres hombres cerraron los ojos, en tanto que Curtis Whateley arrebató el catalejo a Wesley y lo dirigió hacia el punto más alejado posible. Pudo ver que Rice, desde el lugar de observación en que se encontraban los expedicionarios —por encima y justo detrás del monstruoso ser— tenía una excelente oportunidad para intentar diseminar los potentes polvos de prodigiosos efectos.

El resto de los que estaban en el camino solo observaron el fugaz resplandor de una nube grisácea —una nube del tamaño de un edificio bastante alto— próxima a la cima de la montaña. Curtis, que era quien en aquellos momentos miraba por el catalejo, lo dejó caer de repente sobre el barro que les cubría hasta los tobillos, al tiempo que lanzaba un grito espantoso. Se tambaleó, y habría caído al suelo de no ser por dos o tres compañeros que le ayudaron y le mantuvieron en pie. Un casi inaudible gemido era lo único que salía de sus labios.

—¡Oh, oh, Dios Todopoderoso!... eso... eso...

Después se organizó una auténtica olla de grillos, pues todos querían preguntar a la vez, y solo Henry Wheeler se ocupó de recoger el catalejo caído en tierra y sacarle el barro. Curtis seguía articulando palabras sin sentido y ni siquiera conseguía dar respuestas aisladas.

—Es mayor que un establo... todo constituido de cuerdas retorcidas... Tiene una forma parecida a un huevo de gallina, pero gigantesco, con una docena de patas... como grandes toneles medio cerrados que se echaran a rodar.... No parece que tenga nada sólido... es de una sustancia gelatinosa y está hecho de cuerdas sueltas y retorcidas, como si las hubieran pegado... Tiene infinidad de enormes ojos saltones..., diez o veinte bocas o trompas que le salen por todos los lados, grandes como tubos de chimenea, y no paran de agitarse, abriéndose y cerrándose sin parar..., todas grises, con una especie de anillos azules o violetas... ¡Dios nos valga! ¡Y ese rostro semihumano encima...!

El recuerdo de esto último, fuera lo que fuese, resultó demasiado fuerte para el pobre Curtis, quien perdió el juicio y se desmayó antes de poder articular una sola palabra más. Fred Farr y Will Hutchins lo llevaron a un lado del camino, dejándole tendido sobre la húmeda hierba. Henry Wheeler, temblando, cogió entre las manos el catalejo y lo enfocó hacia la montaña en un intento de descubrir qué pasaba. A través del objetivo podían divisarse tres pequeñas figuras que ascendían hacia la cumbre con la rapidez con que se lo permitía la accidentada pendiente. Eso era todo cuanto veía, ni más ni menos. Después, todos percibieron un raro y súbito ruido que procedía del fondo del valle a sus espaldas, e incluso salía de la misma maleza de Sentinel Hill. Era el griterío que armaba una legión de chotacabras y en su estridente coro parecía fraguarse una tensa y perversa expectación.

Earl Sawyer cogió a continuación el catalejo y dijo que se veía a las tres figuras de pie en la cumbre más alta, prácticamente al mismo nivel del altar de piedra, pero todavía a considerable distancia de este. Uno de los hombres, dijo Earl Sawyer, parecía alzar los brazos por encima de su cabeza a intervalos rítmicos, y al decir esto los demás creyeron oír un tenue sonido cuasi musical a lo lejos, como si una ruidosa salmodia acompañara a sus gestos. La extraña silueta en aquel lejano pico debía constituir todo un grotesco e impresionante espectáculo, pero ninguno de los presentes se sentía con humor para hacer consideraciones estéticas.

—Creo que ahora están entonando el conjuro —susurró Wheeler en voz baja al tiempo que arrebataba el catalejo de manos de Sawyer. Mientras, las chotacabras chirriaban con especial estridencia y a un ritmo curiosamente irregular, que no guardaba ninguna semejanza con las modulaciones del ritual.

Súbitamente, la luz del sol disminuyó sin que, a primera vista, se debiera a la interposición de ninguna nube. Era un fenómeno realmente inusitado, y así lo apreciaron todos. Parecía como si en el seno de las montañas estuviera gestándose un estrepitoso fragor, extrañamente acorde con otro fragor que vendría del firmamento. Un relámpago rasgó el aire y los hombres perplejos buscaron inútilmente los indicios de la tormenta. La salmodia que entonaban los investigadores de Arkham llegaba ahora de forma clara hasta ellos, y Wheeler vio a través del catalejo que levantaban los brazos al compás de las palabras del conjuro. Podía oírse, asimismo, el ladrido enfurecido de los perros en una granja lejana.

Los cambios en las tonalidades de la luz solar fueron a más y los hombres apiñados en el camino seguían mirando perplejos al horizonte. Unas tinieblas violáceas, originadas como consecuencia de un espectral oscurecimiento del azul celeste, planeaba sobre las resonantes colinas. Seguidamente, volvió a rasgar el firmamento un relámpago, algo más deslumbrante que el anterior, y todos percibieron como si una especie de nube se levantara en torno al altar de piedra allá en la lejana cumbre. Nadie, sin embargo, miraba con el catalejo en aquellos momentos. Las chotacabras continuaban profiriendo sus irregulares chirridos, en tanto los hombres de Dunwich se preparaban, en medio de un gran nerviosismo, para enfrentarse con la imponderable amenaza que parecía pulular por la atmósfera.

De súbito, y sin que nadie lo aguardara, se dejaron escuchar unos sonidos vocales sordos, cascados y roncos que jamás olvidarían los integrantes del atemorizado grupo que los percibió. Pero aquellos sonidos no podían proceder de ninguna garganta humana, pues los órganos vocales del ser humano no son capaces de producir semejantes barbaridades acústicas. Más bien se diría que habían salido del mismo Infierno, si no estuviera claro que su origen se encontraba en el altar de piedra de Sentinell Hill. Y hasta casi es erróneo llamar a semejantes barbaridades sonidos, por cuanto su timbre, espantoso a la par que extremadamente bajo, se dirigía mucho más a lóbregos focos de la conciencia y al terror que al oído; pero uno debe calificarlos de tal, pues su forma recordaba, irrefutable aunque vagamente, a palabras balbucientes. Eran unos sonidos estruendosos —estruendosos igual a los ruidos de la montaña o los truenos por encima de los que resonaban— pero no procedían de ser visible alguno. Y como la imaginación es capaz de sugerir las más descabelladas suposiciones en cuanto a los seres invisibles se refiere, los hombres agrupados al pie de la montaña se apiñaron todavía más si cabe, y se echaron hacia atrás como si temiesen que fuera a alcanzarles un ocasional golpe.

—Ygnaiih... ygnaiih... thflthkh'ngha... YogSothoth... —atronaba el horripilante graznido procedente del espacio—. Y'bthnk... h'ehye... n'grkdl'lh...

En aquel instante, quienquiera que fuese el que hablase pareció vacilar, como si estuviera librándose una pavorosa contienda espiritual en su interior. Henry Wheeler volvió a enfocar el catalejo, pero tan solo descubrió las tres figuras humanas grotescamente recortadas en la cima de Sentinel Hill, las cuales no paraban de agitar los brazos a un ritmo furioso y de hacer extraños gestos como si la ceremonia del conjuro estuviese próxima a su clímax. ¿De qué lóbregos avernos de terror propios del diabólico Aqueronte, de qué insondables abismos de conciencia extracósmica, de qué sombría y secularmente latente estirpe infrahumana procedían aquellos semiarticulados sonidos medio graznidos medio truenos? Súbitamente, volvían a oírse con renovado ímpetu y coherencia al acercarse a su máximo, final y más desgarradora excitación.

—Eh-ya-ya-ya-yahaah-e'yayayayaaaa... ngh'aaaaa... ngh'aaa h'yuh... ¡SOCORRO! ¡SOCORRO!... pp-pp-pp-¡PADRE! ¡PADRE! ¡YOG-SOTHOTH!

Eso fue todo. Los pálidos aldeanos que aguardaban en el camino sin salir de su perplejidad ante las palabras indiscutiblemente inglesas que habían resonado, profusa y atronadoramente, en el enfurecido y vacío espacio que había junto a la impresionante piedra altar, no volverían a oírlas. Al punto, hubieron de dar un violento gruñido ante la terrorífica detonación que pareció desgarrar la montaña; un estruendo ensordecedor e imponente, cuyo origen —ya fuese el interior de la tierra o los cielos— ninguno de los presentes supo decirlo. Un único rayo cayó desde el cenit violáceo sobre la piedra altar y una gigantesca ola de monumental fuerza e indescriptible peste bajó desde la montaña bañando la comarca entera. Árboles, maleza y hierbas fueron arrasados por el furioso choque, y los atemorizados aldeanos del grupo que se encontraban al pie de la montaña, debilitados por el letal hedor que casi llegaba a asfixiarles, estuvieron a punto de caer rodando por el suelo. En la lejanía se oía el furioso ladrido de los perros, en tanto que los prados y el follaje en general se marchitaban cobrando una extraña y enfermiza tonalidad grisáceo-amarillenta, y los campos y bosques quedaban sembrados de chotacabras muertas.

La pestilencia desapareció al poco tiempo, pero la vegetación no volvió a brotar con normalidad. Incluso hoy sigue percibiéndose una extraña y nauseabunda sensación ante las plantas que crecen en las cercanías de aquella montaña de infausto recuerdo. Curtis Whateley comenzaba a volver en sí cuando se vio a los tres hombres de Arkham descender lentamente por la vertiente montañosa bajo los rayos de un sol cada vez más brillante e inmaculado. Su semblante era grave y tranquilo, y parecían consternados por unas reflexiones sobre lo que venían de presenciar de naturaleza mucho más angustiosa que las que habían reducido al grupo de aldeanos a un estado de postración y acobardamiento. En contestación a la lluvia de preguntas que cayó sobre ellos, los tres investigadores se limitaron a sacudir la cabeza y a reafirmar un hecho de trascendental importancia.

—El monstruoso ser se ha esfumado para siempre —dijo Armitage—. Ha vuelto al seno de lo que era en un principio y ya no puede volver a existir. Era una monstruosidad en un mundo normal. Solo en una mínima parte estaba compuesto de materia, en cualquiera de las acepciones de la palabra. Era igual que su padre, y una gran parte de su ser ha vuelto a fundirse con aquel en algún reino o dimensión desconocido allende nuestro universo material, en algún abismo desconocido del que solo los más endiablados ritos de la malevolencia humana le permitirían salir tras invocarlo por unos instantes en las cumbres montañosas.

A continuación, se hizo un corto silencio, durante el cual los sentidos dispersos del infortunado Curtis Whateley volvieron a entretejerse lentamente hasta formar una especie de continuidad, y llevándose las manos a la cabeza soltó un sordo lamento. La memoria le devolvió al instante en que le había abandonado, y volvió a invadirle la horrorosa visión que le había hecho desfallecer.

—¡Oh, oh, Dios mío, aquel rostro semihumano… aquel rostro semihumano!… aquel rostro de ojos rojos y albino pelo ensortijado, y sin mentón, igual que los Whateley… Era un pulpo, un ciempiés, una especie de araña, pero tenía una cara de forma semihumana encima de todo, y se parecía al brujo Whateley, solo que medía metros y metros.

Y, agotado, enmudeció, mientras el grupo entero de aldeanos se le quedaba mirando fijamente con una perplejidad todavía no cristalizada en renovado terror. Solo entonces el viejo Zebulón Whateley, a quien acostumbraban a venirle a la cabeza viejos recuerdos pero que no había abierto la boca hasta entonces, dijo en voz alta:

—Hace quince años —se puso a divagar—, oí decir al viejo Whateley que un día oiríamos al hijo de Lavinia pronunciar el nombre de su padre en la cumbre de Sentinel Hill...

Pero Joe Osborn le interrumpió para volver a preguntar a los hombres de Arkham:

—Pero, ¿qué era, después de todo, y cómo consiguió el joven brujo Whateley llamarle para que acudiera del más allá?

Armitage escogió sus palabras con esmero a la hora de responder.

—Era... bueno, era sobre todo una fuerza que no pertenece a la zona que habitamos del espacio sideral, una fuerza que actúa, crece y obedece a otras leyes distintas de las que rigen nuestra Naturaleza. A ninguno de nosotros se nos ocurre invocar a tales seres del exterior, solo lo intentan las gentes y cultos más despreciables. Y algo de ello puede decirse de Wilbur Whateley, algo que es suficiente para hacer de él un ser infernal y un monstruo precoz, y para hacer de su muerte una escena de diabólico dramatismo. Lo primero que pienso hacer es quemar este maldito diario, y si quieren obrar como hombres sensatos les sugiero que dinamiten cuanto antes la piedra altar que hay en esa cima y echen abajo todos los círculos de monolitos que se levantan en las otras montañas. Cosas así son las que, a la postre, atraen a seres como esos de los que tanto gustaban los Whateley, unos seres a los que iban a dar forma terrestre para que borraran de la faz de la tierra a la especie humana y arrastraran a nuestro planeta al fondo de algún lugar espantoso para alguna finalidad de naturaleza terriblemente execrable.

—Pero por cuanto se refiere al ser que acabamos de devolver a su lugar de origen, los Whateley lo criaron para que desempeñara un espantoso papel en los monstruosos hechos que iban a suceder.

Creció deprisa y se hizo muy grande por las mismas razones por las que lo hizo Wilbur, pero le ganó porque contaba con un componente mayor de exterioridad. Y es innecesario preguntar por qué Wilbur lo llamó para que viniera del espacio… No lo llamó. Era su hermano gemelo, pero se parecía más a su padre que él.

Las ratas de las paredes

El 16 de julio de 1923 me cambié de domicilio a Exham Priory, después de que el último obrero finalizara su tarea. Los trabajos de restauración habían constituido una imponente tarea, pues de la abandonada construcción apenas si quedaba un montón de ruinas, pero por tratarse de la casa de mis antepasados no reparé en gastos. Nadie vivía en la finca desde el reinado de Jacobo I, en que una tragedia de caracteres terriblemente dramáticos, aunque en gran medida incomprensibles se abatió sobre el cabeza de la familia, cinco de sus hijos y varios criados, y obligó a marcharse de allí en medio de sombras de sospecha y terror, al tercer hijo, mi progenitor por línea paterna y único superviviente de la infortunada estirpe.

Con el único heredero denunciado como homicida, la propiedad volvió a manos de la corona, sin que el acusado hiciera el menor intento por excusarse o recuperar la heredad. Trastornado por un horror superior que el de la conciencia o la ley, y expresando solo el frenético deseo de borrar aquella antigua mansión de su vista y memoria, Walter de la Poer[22], undécimo barón de Exham, se trasladó a Virginia, en donde se estableció y fundó la familia que, en el siglo siguiente, era conocida por el nombre de Delapore.

Exham Priory quedó abandonado, aunque más tarde pasó a formar parte de las posesiones de la familia Norrys y fue objeto de numerosos estudios como consecuencia de su sorprendente arquitectura, consistente en unas torres góticas levantadas sobre una infraestructura sajona o románica, cuyos cimientos a su vez eran de una mezcla de estilos de época anterior: romano y hasta druida o el celta primitivo, si es cierto lo que cuentan las leyendas. Los cimientos eran de aspecto muy singular, pues se confundían por uno

22 Antepasado de Edgard Allan Poe y de la poetisa Sarah Helen Whitman con quien Poe pensaba casarse, aunque fracasó en el intento.

de sus lados con la sólida caliza del precipicio desde cuyo borde el priorato dominaba un desolado valle que se extendía cinco kilómetros al oeste del pueblo de Anchester.

A los arquitectos y arqueólogos les encantaba estudiar esta extraña reliquia de épocas ancestrales, pero los naturales del lugar la odiaban con todas sus fuerzas. La odiaban desde hacía siglos, cuando todavía vivían allí mis antepasados, y la seguían odiando ahora en que, debido a su estado ruinoso y de abandono, la cubría una capa de musgo y mantillo. No llevaba siquiera un día en Anchester cuando descubrí que descendía de una familia maldita. Pero ya esta semana los obreros han volado por los aires lo que quedaba de Exham Priory, y están atareados en borrar las huellas de sus cimientos. De siempre he conocido la historia, sin añadiduras, de mi linaje familiar, y sé perfectamente que mi primer antepasado americano se trasladó a las colonias envuelto en las sombras de extrañas sospechas. De los detalles, sin embargo, nunca he sabido nada debido a la reserva mantenida por generaciones entre los Delapore. Al contrario que los colonos de nuestra vecindad, rara vez nos jactamos de antepasados que batallaron en las Cruzadas o de contar en nuestro linaje con héroes medievales o renacentistas, ni se nos transmitieron otras tradiciones que las que pudieran encerrarse en el documento lacrado que todo hacendado latifundista dejó a su primogénito antes de estallar la Guerra Civil para su apertura póstuma. Las únicas glorias de las que nos vanagloriamos en la familia eran las alcanzadas tras la emigración, las glorias de un orgulloso y honorable, si bien un tanto retraído e insociable, linaje de Virginia.

Durante la guerra toda nuestra fortuna se perdió y nuestra existencia entera se vio alterada por el incendio de Carfax, residencia [23] de la familia a orillas del río James. Mi abuelo, de edad ya avanzada, pereció entre las llamas del voraz incendio, y con él se quemó la documentación sellada que nos ligaba al pasado. Todavía hoy puedo recordar aquel incendio que presencié con mis propios ojos a la edad de siete años, mientras los soldados federales vociferaban,

23 Homenaje a Bram Stoker. *Drácula* alquila la abadía de Carfax como principal residencia en Londres.

las mujeres chillaban y los negros daban alaridos y rezaban. Mi padre se había alistado en el ejército y participaba en la defensa de Richmond, y, tras múltiples formalidades, mi madre y yo logramos atravesar las líneas enemigas para reunirnos con él.

Cuando terminó la guerra, nos trasladamos al norte, de donde era originaria mi madre, y allí crecí, me hice un hombre y, en última instancia, hice fortuna como corresponde a todo yanqui emprendedor. Ni mi padre ni yo supimos jamás qué contenía el documento testamentario sellado a nosotros; además, una vez sumido en el monótono curso de la vida mercantil de Massachusetts perdí todo interés por desvelar los misterios que, sin duda, se ocultaban en el remoto pasado de mi árbol genealógico. ¡Con qué alegría habría dejado Exham Priory a la suerte de sus murciélagos, telarañas y mantillo si hubiera mínimamente sospechado lo que ocultaba tras sus muros!

Mi padre falleció en 1904, pero sin ningún mensaje que dejar para mí ni para mi único hijo, Alfred, un muchacho de diez años huérfano de madre. Fue precisamente Alfred quien alteró el orden en que venía transmitiéndole la información familiar, pues, si bien solo pude hacerle conjeturas en tono burlón sobre el pasado familiar, me escribió contándome algunas leyendas ancestrales del mayor interés cuando, con ocasión de la pasada guerra, fue enviado a Inglaterra en 1917 en calidad de oficial de aviación. Al parecer, sobre los Delapore circulaba una pintoresca y un tanto dramática historia. Un amigo de mi hijo, el capitán Edward Norrys, del Royal Flying Corps, residía en las proximidades de nuestro solar familiar en Anchester y contaba unas supersticiones campesinas que pocos novelistas podrían llegar a igualar por lo increíbles y desquiciadas que resultaban. Norrys, naturalmente, no las tomaba en serio, pero a mi hijo le divertían y le sirvieron de tema para llenar muchas de las cartas que me escribió. Fueron estas leyendas las que finalmente atrajeron mi atención hacia mi herencia trasatlántica, y me decidieron a comprar y restaurar el solar familiar que Norrys mostró a Alfred en todo su crudo abandono, al mismo tiempo que se ofrecía a conseguírselo por una suma harto razonable, debido a que el actual propietario era tío suyo.

Compré Exham Priory en 1918, pero casi al punto me olvidé de los planes de restauración en que había estado pensando ante el regreso de mi hijo mutilado de las piernas. Durante los dos años que todavía vivió me dediqué por entero a su cuidado, dejando incluso la dirección del negocio en manos de mis socios.

En 1921, sumido en la mayor desolación y sin saber qué hacer, apartado de toda actividad laboral y notando ya que la vejez llamaba a mis puertas, resolví distraer el resto de mis años ocupado en la nueva posesión. Llegué a Anchester un día de diciembre, hospedándome en casa del capitán Norrys, un joven rollizo y cortés que apreciaba mucho a mi hijo, y me ofreció su colaboración en la tarea de recoger planos y anécdotas en los que. inspirarse al emprender el proyecto de restauración. No sentía la menor emoción en presencia de Exham Priory, una mezcolanza de abandonadas ruinas medievales cubiertas de líquenes y acribilladas de nidos de grajos, balanceándose peligrosamente al borde de un enorme precipicio y sin el menor rastro de suelos o cualquier otro resto de interiores, salvo los muros de piedra de las torres aisladas.

Tras formarme poco a poco una idea de cómo debió ser el edificio cuando lo abandonaron mis antepasados tres siglos atrás, me puse a contratar obreros para iniciar las obras de reconstrucción. En todos los casos me vi obligado a buscarlos fuera de la localidad más próxima, pues los naturales de Anchester profesaban un terror y una aversión decididamente increíbles hacia aquel lugar. La magnitud del sentimiento era tal que a veces llegaba a contagiar a los trabajadores que procedían de otros lugares, siendo esta la causa de numerosas deserciones. Por lo demás, su alcance se extendía tanto al priorato como a la antigua familia propietaria del mismo.

Ya me había adelantado mi hijo que durante sus visitas al pueblo la gente se mostró un tanto reacia con él por ser un De la Poer, y ahora, por la misma razón, yo me sentía también sutilmente rechazado hasta que conseguí convencerles de que casi no sabía nada de mis antepasados... Y aun así los vecinos del lugar se mostraban displicentes conmigo, por cuanto me vi obligado a recurrir a Norrys para recopilar la mayoría de las tradiciones populares que todavía seguían circulando sobre el lugar. Lo que aquellas gentes no podían perdonar era, al menos eso creía entender yo que había venido a restaurar un símbolo que odiaban con todas sus fuerzas; pues, racionalmente o no, para ellos Exham Priory no era otra cosa que un nido de demonios y hombres lobo.

Juntando todas las historias que Norrys recogió para mí y completándolas con lo que habían dicho varios expertos que en su día examinaron las ruinas, deduje que Exham Priory se levantaba sobre el lugar ocupado en otro tiempo por un templo prehistórico: una construcción druida, o incluso anterior a dicho período, que debió ser contemporánea de Stonehenge[24]. Casi nadie duda de que allí se habían celebrado execrables ritos, y circulaban toda clase de espeluznantes historias sobre el paso de tales ritos al culto de Cibeles posteriormente introducido por los romanos.

En el sótano podían todavía verse inscripciones con letras tan inconfundibles como «DIU... ... OPS... ...MAGNA MAT...», signo de la Magna Mater cuyo tenebroso culto fue inútilmente prohibido a los ciudadanos romanos. Anchester había sido campamento de la tercera legión Augusta[25], tal como atestiguaban numerosos restos, y, según todos los indicios, el templo de Cibeles debió ser una imponente construcción abarrotada de fieles que concelebraban multitud de ceremonias presididos por un sacerdote frigio. Las historias añadían que la caída de la antigua religión no puso fin a las orgías que tenían lugar en el templo, sino que, muy al contrario, los sacerdotes se convirtieron a la nueva fe sin cambiar en lo fundamental sus creencias. Asimismo, se decía que los ritos no desaparecieron con la llegada de los romanos y que algunos sajones se sumaron a lo que quedaba del templo, dándole el perfil característico que habría de distinguirle con el tiempo a la vez que hacían de él el centro de irradiación de un culto temido en la mitad del territorio al que se extendía la heptarquía[26]. Hacia el año 1000 d.C. el lugar aparece mencionado en una crónica como un priorato

24 El famoso monumento megalítico situado al suroeste de Inglaterra y tenido por un templo druida.

25 No fue la tercera, sino la *Segunda*, error histórico del autor.

26 Los *siete reinos* anglosajones surgidos tras la llegada a Inglaterra de los anglos, yutos y sajones a la caída del Imperio Romano.

importante, esencialmente construido a base de piedra, en el que se albergaba una poderosa y extraña orden monástica, y rodeado de grandes jardines que no precisaban de murallas para mantener alejado al atemorizado populacho. Jamás llegaron a destruirlo los daneses, si bien su suerte debió de decaer radicalmente tras la conquista normanda, pues no hubo el menor impedimento para que Enrique III confiriera su propiedad a mi antepasado Gilbert de la Poer, primer barón de Exham, en 1261.

De mi familia no se conservan testimonios adversos antes de esa fecha, pero algo extraño debió ocurrir por entonces. Ya en una crónica de 1307 hay una referencia a un De la Poer al que se califica de «maldito de Dios», mientras que en las leyendas populares se aprecia un miedo cerval a decir nada del castillo que se erigió sobre los cimientos del antiguo templo y priorato. Los cuentos de viejas que se contaban sobre el lugar eran de lo más sobrecogedores, más si cabe por la tenebrosa reticencia y sombrías evasivas de que hacían gala las gentes que los cantaban. En ellos se representaba a mis antepasados como una estirpe de demonios junto a los que personajes de la talla de un Gilles de Retz o un Marqués de Sade no pasaban de meros aprendices, y se dejaba intuir veladamente su responsabilidad por las ocasionales desapariciones de aldeanos durante varias generaciones.

Los peores de toda la parentela, a tenor de lo que dice la tradición, fueron los barones y sus herederos directos. Al menos, la mayoría de las historias que circulaban las protagonizaban ellos. Si un heredero mostraba inclinaciones más benéficas, se decía en ellas, fallecía con toda seguridad de edad prematura y misteriosamente para dejar paso a otro descendiente más en consonancia con el apellido. Los De la Poer parecían profesar un culto secreto, presidido por el cabeza de familia y a veces restringido a unos cuantos miembros de la misma. El temperamento más que el linaje era el fundamento de dicho culto, pues en él participaban también quienes ingresaban en la familia por casamiento. Lady Margaret Trevor de Cornualles, mujer de Godfrey, el hijo segundo del quinto barón, acabó por convertirse en uno de los fantasmas predilectos de los niños de todo el país y en diabólica heroína de un horripilante y antiguo romance que todavía se conserva en las proximidades de la frontera galesa. Conservada también en baladas, aunque no tan ilustrativa al respecto, merece citarse la horrenda historia de Lady Mary de la Poer, que al poco de casarse con el barón de Shrewsfield murió asesinada a manos de este y de su madre, siendo posteriormente absueltos y bendecidos ambos criminales por el sacerdote al que confesaron aquello que no osaban decir en público.

Estos mitos y romances, característicos de la más primitiva superstición, me repelían sobremanera. Su persistencia y su asociación a tan larga descendencia de mis antepasados, me ponían especialmente furioso; en tanto que las acusaciones de hábitos monstruosos recordaban, de forma harto desagradable, el único escándalo conocido de mis inmediatos antepasados: me refiero al caso de mi primo, el joven Randolph Delapore de Carfax, que se fue a vivir con los negros y se hizo oficiante del rito vudú a su regreso de la guerra de México.

Bastante menos me turbaban las historias que corrían sobre lamentos y aullidos en el valle desolado y barrido por el viento que se abría al pie del precipicio de caliza; así como otras sobre los fétidos hedores que emanaban de las tumbas tras las lluvias primaverales, sobre el torpón y aullador objeto Manco que el caballo de Sir John Clave pisó una noche en medio de un campo solitario, o sobre el criado que se había enajenado a causa de algo indefinible que vio en el priorato a plena luz del día. Todo ello no eran sino retazos de historias espectrales que habían arraigado en los campesino, y por aquel entonces yo era un escéptico hasta la médula. Los relatos sobre aldeanos desaparecidos no debían desparecer del todo, aun cuando no eran especialmente importantes a la vista de las prácticas medievales. La desenfrenada curiosidad significaba la muerte, y más de una cercenada cabeza se había mostrado en público en las almenas —de las que, afortunadamente, ya no quedaba huella— que se levantaban en las torres de los aledaños de Exham Priory.

Algunas de las historias que corrían eran extraordinariamente pintorescas, hasta el punto de enojarme por no haber estudiado más mitología comparada en mi juventud. Así, por ejemplo, todavía subsistía la creencia de que una legión de diablos con alas de vampiro se reunía todas las noches en el priorato para celebrar sus rituales aquelarres, legión cuyo mantenimiento alimenticio podía hallar explicación en la desproporcionada abundancia de verduras ordinarias cultivadas en aquellos extensos huertos. La más gráfica de todas las historias que circulaban sobre el lugar era una que relataba la dramática epopeya de las ratas —un insaciable ejército de indecentes alimañas que había surgido en oleada del interior del castillo tres meses después de la tragedia que lo condenó al más absoluto abandono—, una enjuta, nauseabunda y famélica soldadesca que había destruido todo a su paso, devorando aves, gatos, perros, cerdos, ovejas y hasta dos desventurados seres humanos antes de ver acallada su cólera. En torno a tan inolvidable plaga de roedores gira todo un ciclo independiente de mitos, pues las alimañas se dispersaron por entre las casas del pueblo provocando toda clase de maldiciones y horrores a su paso.

Tales eran las historias que se abatían sobre mí cuando me dispuse a acometer, con la tozudez propia de un anciano, las obras de restauración de mi ancestral lugar. No debe creerse, ni siquiera por un momento, que tales historias constituían lo esencial del entorno psicológico en que me desenvolvía. Por otro lado, contaba con el apoyo animado y constante del capitán Norrys y de los arqueólogos que me rodeaban y asesoraban en mi tarea. Una vez terminada la obra, algo más de dos años después de iniciada, pude contemplar aquel conjunto de amplias habitaciones, revestidos muros, abovedados techos, ventanas con parteluces y anchas escaleras, con una prestancia que compensaba sobradamente los cuantiosos gastos que originó la restauración.

No había detalle medieval que no estuviera magistralmente reproducido, y las partes nuevas armonizaban a la perfección con los muros y cimientos primitivos. El solar de mis antepasados estaba de nuevo en pie, y ahora solo me quedaba redimir la fama local de la línea familiar que terminaba en mí. Me quedaría a vivir allí para siempre y demostraría a todos que un De la Poer (pues habla adoptado de nuevo la grafía original del apellido) no tenía por qué ser un ser infernal. Mi confort se vio en parte aumentado por el hecho de que, aunque Exham Priory estaba construido según los cánones medievales, su interior era totalmente reciente y se hallaba libre de ancestrales fantasmas y nocivas alimañas.

Como ya he explicado, me mudé a Exham Priory el 16 de julio de 1923. Me hacían compañía en mi nueva residencia siete criados y nueve gatos, animal este por el que siento una especial devoción. Mi gato más viejo, «Black Tom», tenía siete años y vino conmigo desde Bolton, en Massachusetts; el resto de los gatos los había ido reuniendo mientras vivía con la familia del capitán Norrys, durante la restauración del priorato.

Durante cinco días nuestra rutina prosiguió en medio de la más completa calma, empleando la mayor parte del tiempo en la clasificación de viejos documentos relativos a la familia. Había reunido ya unas cuantas descripciones muy minuciosas de la tragedia final y la huida de Walter de la Poer, que supuse sería lo que guardaba el legajo hereditario perdido en el incendio de Carfax. Al parecer, a mi antepasado se le acusó, con sobrada razón, de matar al resto de los habitantes de la casa —excepto cuatro criados cómplices suyos— mientras dormían, unas dos semanas después de un asombroso descubrimiento que habría de alterar toda su forma de ser, pero que no debió desvelar más que a los criados que colaboraron con él en la masacre y, acto seguido, huyeron lejos del alcance de la justicia.

Esta alevosa degollina —en total, un padre, tres hermanos y dos hermanas—, fue en gran medida condonada por los aldeanos y con tal negligencia dictaminada por la justicia que su instigador pudo huir —con todos los parabienes, sin sufrir el menor daño ni tener que disfrazarse— a Virginia. El sentir general que corría por el pueblo era que había librado aquellas tierras de la maldición ancestral que sobre ellas pesaba. Ni siquiera puedo elucubrar cuál fue el descubrimiento que llevó a mi antepasado a cometer tan execrable acción. Walter de la Poer debía conocer desde hacía tiempo las siniestras historias que se contaban sobre su familia, por lo que no creo que el motivo que desató todo proviniera de dicha fuente. ¿Presenciaría acaso algún antiguo y espantoso rito o se daría de bruces con algún tenebroso símbolo revelador en el priorato o en sus aledaños? En Inglaterra se le consideraba un joven tímido y de buenos modales. En Virginia, parecía más un ser de carácter atormentado y aprensivo que un tipo duro o amargado. De él se decía en el diario de otro aventurero de rancio abolengo, Francis Harley de Bellview, que era un hombre sin igual en lo tocante al sentido de la justicia, al honor y la discreción.

El 22 de julio aconteció el primer incidente, el cual, aunque apenas se le prestó atención en aquel instante, adquiere un significado premonitorio en relación con posteriores acontecimientos. Fue tan poca cosa que casi no se le dio relevancia, y apenas pudo advertirse en las circunstancias reinantes; pues debe recordarse que al ser el edificio prácticamente nuevo en su totalidad, salvo los muros, y encontrarse atendido por una experta servidumbre, toda aprensión habría sido fuera de lugar a pesar de las historias que corrían sobre el lugar.

A poco más que esto se reduce lo que pude recordar *a posteriori:* mi viejo gato negro, cuyo humor tan bien conozco, estaba indudablemente alerta y nervioso en una medida que no concordaba en nada con su habitual tranquilidad. Iba de una habitación a otra; dando la impresión de desosiego y preocupación por algo, y olisqueaba sin cesar los muros que formaban parte de la estructura gótica. Comprendo perfectamente cuán trillado suena todo esto —algo así como el inevitable perro del cuento de fantasmas, que no cesa de gruñir hasta que su amo ve finalmente la figura envuelta en sábanas—, pero en este caso concreto creo que posee su importancia.

Al día siguiente, un criado vino a darme cuenta del nerviosismo reinante entre los gatos de la casa. Yo me encontraba en mi estudio, una habitación de techo alto y orientada al occidente que había en el segundo piso, con arcos de aristas artesonado de roble oscuro y una triple ventana gótica que daba al precipicio de roca caliza y desde la que se divisaba el desabrido valle. Mientras me hablaba el criado, pude ver cómo la forma de azabache de Black Tom se arrastraba a lo largo del muro oeste y arañaba el nuevo artesonado que cubría la antigua piedra.

Le dije al criado que debía tratarse de algún persistente olor o emanación procedente de la antigua mampostería, y que, si bien era imperceptible al olfato humano, debía afectar a los sensibles órganos de los felinos a pesar del artesonado que lo recubría. Así lo creía sinceramente, y cuando aquel hombre aludió a la posible presencia de roedores, le manifesté que en aquel lugar no había habido ratas durante trescientos años, y que difícilmente podrían encontrarse los ratones de la campiña que lo circundaba en tan altos muros, pues nunca se los había visto olisqueando por allí. Aquella misma tarde llamé al capitán Norrys, quien me aseguró que le parecía bastante increíble que los ratones del campo infestaran de repente el priorato pues, que él supiera, no había precedentes de nada parecido.

Aquella noche, prescindiendo como era habitual de la ayuda del mayordomo, me retiré a la cámara de la torre orientada al occidente que me había reservado; a ella se llegaba desde el estudio tras subir por una escalinata de piedra y atravesar una pequeña galería —la primera antigua en parte, la segunda enteramente nueva. La estancia era circular, de techo muy alto y sin revestimiento alguno, si bien de la pared colgaban unos tapices que había adquirido en Londres.

Tras comprobar que Black Tom se encontraba conmigo, cerré la pesada puerta gótica y me recogí a la luz de aquellas bombillas eléctricas que tanto se asemejaban a bujías; al cabo de un rato, apagué la luz y me dejé hundir en la taraceada y endoselada cama coronada por cuatro baldaquinos, con el venerable gato en su habitual lugar a mis pies. No eché las cortinas, quedando mi mirada fija en la angosta ventana que daba al norte y tenía justo frente a mí. Un esbozo de aurora se dibujaba en el cielo destacando la siempre grata silueta de las artísticas tracerías de la ventana.

En un momento dado debí quedarme sosegadamente dormido, pues recuerdo claramente una sensación de despertar de extraños sueños, cuando el gato dio un brusco salto abandonando la serena posición en que se encontraba. Pude verlo gracias al tenue resplandor de la aurora; tenía la cabeza enhiesta hacia delante, las patas delanteras clavadas en mis tobillos y las traseras estiradas cuan largas eran. Miraba fijamente a un punto de la pared situado un poco al oeste de la ventana, un punto en el que mi vista no encontraba nada extraño de resaltar, pero en el que se concentraban ahora mis cinco sentidos.

Mientras observaba, comprendí el motivo de la excitación de Black Tom. Si se movieron o no los tapices es algo que no sabría decir. A mí me pareció que si, aunque muy ligeramente. Pero lo que sí puedo jurar es que detrás de los tapices oí un ruido, leve pero nítido, como de ratas o ratones escabulléndose velozmente. No había transcurrido un segundo cuando ya el gato se había arrojado materialmente sobre el tapiz de varios colores, haciendo caer al suelo, debido a su peso, la parte a la que se agarró y dejando al aire un antiguo y húmedo muro de piedra, retocado aquí y allá por los restauradores, y sin la menor traza de roedores merodeando por sus cercanías.

Black Tom recorrió de arriba abajo el suelo de aquella parte del muro, desgarrando el tapiz caído e intentando en ocasiones introducir sus garras entre el muro y la tarima del suelo. Pero no encontró nada, y al cabo de un rato volvió exhausto a su habitual posición a mis pies. Yo no me había incorporado del lecho, pero no volví a conciliar el sueño en toda la noche.

A la mañana siguiente, pregunté entre la servidumbre pero nadie había advertido nada anormal, excepto la cocinera, que recordaba el extraño comportamiento de un gato que dormitaba en el alféizar de su ventana. El gato de marras se puso a maullar a cierta hora de la noche, despertando a la cocinera justo a tiempo de verle lanzarse velozmente por la puerta abierta escaleras abajo. Al mediodía me quedé un rato traspuesto y al despertarme fui a visitar de nuevo al capitán Norrys, que mostró un gran interés en lo que le conté. Los incidentes extraños —tan raros a la vez que tan inusitados— despertaban en él el sentido de lo exótico, y le trajeron a la memoria muchos recuerdos de historias locales sobre aparecidos. No conseguíamos salir de nuestro estupor ante la presencia de las ratas, y lo único que se le ocurrió a Norrys fue dejarme unos cepos y unos polvos de verde de París que, de regreso a casa, mandé a los criados colocar en lugares estratégicos.

Me fui pronto a la cama pues tenía mucho sueño, pero mientras dormía me asaltaron espantosas pesadillas. En ellas miraba hacia abajo desde una impresionante altura a una gruta débilmente iluminada cuyo suelo estaba cubierto por una gruesa capa de estiércol; en el interior de dicha gruta había un demonio porquerizo de canosa barba que dirigía con su cayado un rebaño de bestias fungiformes, y delgadísimas cuya sola vista me produjo una indescriptible repugnancia. Después, mientras el porquero se detenía un instante y se inclinaba para divisar su rebaño, un impresionante enjambre de ratas llovió del cielo sobre el hediondo abismo y se puso a devorar a animales y hombre.

Tras tan terrorífica visión me desperté súbitamente a causa de los bruscos movimientos de Black Tom, que como de costumbre dormía a mis pies. Esta vez no tuve que preguntar por el origen de sus gruñidos y resoplidos ni por el miedo que le llevaba a hundir sus garras en mis tobillos, inconsciente de su efecto, pues las cuatro paredes de la estancia bullían de un asqueroso sonido, el producido por el repugnante deslizarse de gigantescas ratas hambrientas. En esta ocasión no había aurora que permitiera ver en qué estado se encontraba el tapiz —cuya sección caída había sido reemplazada—, pero no vacilé ni un minuto en encender la luz.

Al resplandor de esta pude ver cómo todo el tapiz era presa de una terrible sacudida, hasta el punto de que los dibujos, de por sí ya un tanto originales, se pusieron a ejecutar una curiosa danza de la muerte. La agitación desapareció casi al instante, y con ella los ruidos. Saltando del lecho, hurgué en el tapiz con el largo mango del calentador de cama que había en la habitación, y levanté una parte del mismo para ver qué había debajo Pero allí no había sino el restaurado muro de piedra, y para entonces ya había desaparecido el estado de tensión en que se encontraba el gato debido al olfateo de algo anormal. Cuando examiné el cepo circular que había colocado en la habitación, pude ver que todos los orificios habían sido forzados, aunque no quedase prueba de lo que debió escaparse tras caer en la trampa.

Naturalmente, ni se me pasó por la cabeza volver a la cama, así que encendí una vela, abrí la puerta y salí a la galería al final de la cual estaban las escaleras que conducían a mi estudio, con Black Tom siempre pegado a mis tobillos. Antes de llegar a la escalinata de piedra, sin embargo, el gato salió disparado delante de mí y desapareció tras el primitivo tramo. Mientras bajaba las escaleras, llegaron de repente hasta mí unos sonidos producidos en la gran estancia que quedaba debajo, unos sonidos de tal naturaleza que no podían inducir a error.

Los muros de artesonado de roble bullían de ratas que se deslizaban y se arremolinaban en un impresionante frenesí, mientras Black Tom corría de un lado para otro con la irritación propia del cazador burlado. Al llegar abajo, entendí la luz, pero no por ello disminuyó el ruido esta vez. Las ratas seguían alborotadas, dispersándose en baraúnda con tal estrépito y claridad que finalmente no me fue difícil asignar una dirección precisa a sus movimientos. Aquellas criaturas, en número al parecer incalculable, estaban embarcadas en un impresionante movimiento migratorio desde inimaginables alturas hasta una sima desconocida.

Acto seguido, oí un ruido de pasos en el corredor, y unos instantes después dos criados abrían de golpe la maciza puerta. Rastreaban toda la casa en busca del origen de aquel estruendo que llevó a todos los gatos de la casa a lanzar estridentes maullidos y a saltar con precipitación varios peldaños de escalera hasta llegar ante la puerta cerrada del sótano, donde se agazaparon sin dejar de maullar. Les pregunté a los criados si habían visto las ratas, pero su respuesta fue negativa. Y cuando me volví para llamar su atención a los sonidos que se oían en el interior del artesonado, pude advertir que el ruido había cesado.

Acompañado de aquellos dos hombres bajé hasta la puerta del sótano, pero para entonces ya se habían dispersado los gatos. Después, decidí explorar la cripta que había debajo, pero de momento me limité a inspeccionar los cepos. Todos habían saltado, pero no tenían ni un solo prisionero. Contento porque excepto los felinos y yo nadie más había oído las ratas, me senté en mi estudio hasta que clareó el día, reflexionando profundamente sobre cuál pudiera ser la causa de todo ello y tratando de recordar todo fragmento de leyenda desenterrado por mí que hiciera referencia al edificio donde vivía.

Dormí un poco por la mañana, recostado en el único sillón cómodo del gabinete que mi medieval diseño del mobiliario no logró proscribir. Al despertarme llamé por teléfono al capitán Norrys, quien se presentó al cabo de un rato y me acompañó en la exploración del sótano.

No encontramos nada de nada que nos llamase la atención, aunque no pudimos reprimir un entumecimiento al enterarnos de que la cripta databa de tiempos de los romanos. Todos los arcos bajos y macizos pilares eran de estilo romano; no del estilo degradado de los chapuceros sajones, sino del severo y armónico clasicismo de la era de los césares. Como cabía esperar, las paredes abundaban en inscripciones familiares a los arqueólogos que habían explorado en repetidas ocasiones el lugar; podían leerse cosas tales como: «P. GETAE… PROP... TEMP... DONA...» y «L. PRAEC... VS... PONTIFI... ATYS...», y otras más.

La referencia a Atys me produjo un escalofrío, pues había leído a Catulo y sabía algo de los execrables ritos dedicados al dios oriental[27], cuyo culto tanto se confundía con el de Cibeles. Norrys y yo, a la luz de unos faroles, tratamos de interpretar los extraños y descoloridos dibujos que se veían en unos bloques de piedra irregularmente rectangulares que debieron ser altares en otro tiempo, pero no pudimos sacar firmes conclusiones. Recordamos que uno de aquellos dibujos, una especie de sol del que salían unos rayos en todas las direcciones, fue escogido por los estudiantes para deducir que no era de origen romano, sugiriendo que los sacerdotes romanos se habían limitado a adoptar aquellos altares que provendrían de un templo anterior y probablemente autóctono levantado sobre aquel mismo lugar. En uno de aquellos bloques se percibían unas manchas marrones que me hicieron pensar. El mayor de todos ellos, un bloque que se encontraba en el centro de la estancia, tenía ciertos detalles en la cara superior que demostraban que había estado en contacto con el fuego; probablemente se trataba de ofrendas realizadas en cremación.

Tales eran las cosas que se veían en aquella cripta ante cuya puerta los gatos habían estado maullando, y donde Norrys y yo

27 Alusión al poema de Catulo *Atys*, notable por su ímpetu lírico. El joven guardián del templo de *Cibeles* relata su pasión por la diosa griega y su castración por él mismo durante una escena orgiástica.

habíamos acordado pasar la noche. Los criados, a quienes se les advirtió que no se preocuparan por los movimientos de los gatos durante la noche, bajaron sendos sofás, y Black Tom fue admitido en calidad de ayuda a la vez que de compañía. Juzgamos adecuado cerrar herméticamente la gran puerta de roble —una réplica moderna con rendijas para la ventilación— y, seguidamente, nos retiramos con los faroles todavía encendidos a esperar cuanto pudiera proporcionarnos la noche.

La cripta se encontraba en la parte inferior de los cimientos del priorato y al fondo de la cara del prominente precipicio que dominaba el desértico valle. No dudaba que aquel había sido la dirección de las infatigables e inexplicables ratas, aunque no sabría decir el motivo. Mientras aguardábamos impacientes, mi vigilia se entremezclaba ocasionalmente con sueños a medio formar de los que me despertaban los inquietos movimientos del gato que, como siempre, se encontraba a mis pies.

Pero aquella noche mis sueños no tuvieron nada de placentero; al contrario, fueron tan terroríficos como los de la noche anterior. De nuevo aparecían ante mí la siniestra gruta en penumbra y el porquero con sus inmundos y fungiformes bestias revolcándose en el cieno, y al mirar a aquellos seres me parecían más cerca y con perfiles más nítidos, tan nítidos que casi podía ver sus rasgos físicos. Después, pude ver la fláccida fisonomía de uno de ellos.., cuando, súbitamente, desperté, profiriendo tal grito que Black Tom dio un violento salto, mientras el capitán Norrys, que no había pegado ojo en toda la noche, se echó a reír a mandíbula batiente. Y todavía más —o quién sabe si menos— habría reído Norrys de haber sabido el motivo de mi estruendoso grito. Pero ni yo mismo pude explicarlo hasta pasado un rato: el horror descarnado tiene la virtud de paralizar con frecuencia la memoria.

Norrys me despertó al iniciarse el fenómeno. En el curso del referido y espantoso sueño me desveló con una ligera sacudida insistiéndome a que escuchara el ruido de los gatos. ¡Y bien que podía escucharse!, pues al otro lado de la puerta cerrada, al pie de la escalinata de piedra, había un auténtico ejército de felinos aullando y arañando en la madera, mientras Black Tom, indiferente por completo de cuanto pudieran estar haciendo sus congéneres, corría alocadamente a lo largo de los desnudos muros de piedra, en los que pude percibir claramente el mismo ajetreo de ratas que tanto me había turbado la noche anterior.

Un intenso terror se apoderó de mí, pues aquella visión no podía explicarse por procedimientos normales. Aquellas ratas, de no ser las criaturas procedentes de un estado febril que solo yo compartía con los gatos, debían escabullirse y tener su madriguera entre los muros romanos que creí estaban formados por bloques de caliza sólida. A menos, pensé, que la acción del agua en el curso de más de diecisiete siglos hubiera horadado tortuosos túneles que los roedores habrían posteriormente despejado y ensanchado. Pero incluso así, el horror espectral que experimentaba no era menor; pues, en el supuesto de que se tratase de bichos de carne y hueso, ¿por qué Norrys no oía su repugnante trajín? ¿por qué me instó a que observara a Black Tom y escuchara los maullidos de los gatos afuera? ¿y por qué intuía difusamente y sin base firme los motivos que les llevaban a armar aquel jaleo?

Para cuando conseguí decirle, de la manera más lógica que pude, lo que creía estar oyendo, hasta mis oídos llegó el último tenue sonido de aquel incansable alboroto. Ahora daba la impresión de que el ruido se alejaba, se oía *todavía más abajo,* muy por debajo del nivel del sótano, hasta el punto de que todo el precipicio parecía acribillado de ratas en continuo vaivén. Norrys no se mostraba tan escéptico como yo había anticipado, sino que parecía profundamente nervioso. Me indicó por señas que ya había cesado el estrépito de los gatos, los cuales parecían dar a las ratas por perdidas. Entre tanto, Black Tom era presa de nueva agitación y se ponía a arañar frenéticamente la base del gran altar de piedra levantado en el centro de la habitación, si bien se encontraba más próximo del sofá de Norrys que del mío.

Llegado a este punto, mi temor hacia lo desconocido había alcanzado proporciones inmensas. Entonces ocurrió algo sorprendente, y pude ver cómo el capitán Norrys, un hombre más joven, corpulento y, presumiblemente, de ideas más materialistas que las mías, se encontraba tan agitado como yo... probablemente porque conocía al menor detalle y de toda la vida la leyenda local. De momento no podíamos hacer sino limitarnos a observar cómo Black Tom hundía sus garras, cada vez con menos dedicación, en la base del altar, levantando de vez en cuando la cabeza y maullando en dirección mía de aquella manera tan convincente con que acostumbraba a hacerlo cuando quería algo de mí.

Norrys acercó un farol al altar y se aproximó al lugar donde Black Tom estaba arañando. Se arrodilló en silencio y quitó los líquenes que estaban allí desde tiempo inmemorial y unían el macizo bloque prerromano al teselado suelo. Pero tras mucho escarbar no encontró nada de extraño, y ya estaba a punto de abandonar su tarea cuando advertí una circunstancia trivial que me hizo helar la sangre, aun cuando no podía decirse que me cogiera totalmente desprevenido.

Le hice partícipe de mi descubrimiento a Norrys, y ambos nos pusimos a examinar aquella casi imperceptible manifestación con la fijeza propia de quien realiza un alucinante hallazgo que confirma lo acertado de sus pesquisas. En definitiva, se trataba de lo siguiente: la llama del farol colocado junto al altar oscilaba, ligera pero evidentemente, a consecuencia de una corriente de aire que no soplaba antes, y que sin duda procedía de la rendija que se abría entre el suelo y el altar en donde Norrys había estado limpiándola de líquenes.

Pasamos el resto de la noche en el estudio inundado de luz, discutiendo en medio de una cierta ansiedad el paso siguiente a dar. El descubrimiento bajo aquellas tétricas ruinas de una cripta por debajo de los cimientos inferiores que se conocían de la mampostería romana, una cripta que había pasado inadvertida a los expertos anticuarios que exploraron el edificio por espacio de tres siglos, habría bastado para fascinarnos a Norrys y a mí, profanos en todo lo que se relacionaba con lo macabro. Por decirlo así, la fascinación presentaba una doble vertiente, y vacilamos no sabiendo si abandonar nuestras pesquisas y alejarnos de una vez para siempre del priorato a causa de una supersticiosa precaución o satisfacer nuestro sentido de la aventura y el riesgo, cualesquiera que fuesen los horrores que estuvieran aguardándonos al adentramos en aquellos ignotos abismos.

Ya de mañana, llegamos a un acuerdo: Iríamos a Londres en busca de arqueólogos y científicos capacitados para desvelar aquel misterio. Debo decir, asimismo, que antes de abandonar el sótano intentamos inútilmente correr el altar central, al que ahora reconocíamos como la puerta de acceso a nuevas simas de innominado pavor. A hombres más doctos que nosotros tocaría desvelar qué secretos misterios guardaba aquella puerta.

Durante nuestra larga estancia en Londres, el capitán Norrys y yo dimos a conocer los hechos, pesquisas y legendarias anécdotas a cinco expertas autoridades científicas, todas ellas personas en las que podía confiarse sabrían tratar con la debida discreción cualquier revelación sobre el pasado familiar que pudiera ponerse al descubierto a lo largo de las investigaciones. La mayoría de aquellos hombres parecían poco inclinados a tomar el asunto a la ligera; al contrario, desde el primer momento demostraron un gran interés y una sincera comprensión. No creo que sea necesario dar el nombre de todos los expedicionarios, pero puedo decir que entre ellos se encontraba Sir William Brinton, cuyas excavaciones en el Troad llamaron la atención de casi todo el mundo en su día. Al tomar con ellos el tren para Anchester sentí una especie de ansiedad, algo así como si estuviera al borde de espantosas revelaciones, una sensación reflejada por entonces en el afligido semblante de muchos americanos que vivían en Londres debido a la inesperada muerte de su Presidente al otro lado del océano[28].

El 7 de agosto por la tarde llegamos a Exham Priory, donde los criados me indicaron que nada extraño había ocurrido en mi ausencia. Los gatos, incluso el viejo Black Tom, habían estado totalmente sosegados y ni un solo cepo había saltado en toda la casa. Las exploraciones iban a dar comienzo al día siguiente. Entre tanto, asigné a cada uno de mis huéspedes habitaciones equipadas con todo lo que pudieran necesitar.

Yo me fui a dormir a mi cámara de la torre, con Black Tom siempre a mis pies. Al poco caí dormido, pero escalofriantes sueños volvieron a atormentarme. Tuve una pesadilla de una fiesta romana

28 Se trataba del republicano Warren Harding fallecido el 2 de agosto de 1923 víctima de una trombosis coronaria.

como la de Trimalción del Satiricón de Petronio en la que pude ver una abominable monstruosidad en una fuente cubierta. Después, volví a ver aquella maldita y recurrente visión del porquero y su inmunda piara en la gruta macabra. Pero cuando me desperté ya era de día y en las habitaciones de abajo no se oían ruidos extraños. Las ratas, ya fuesen reales o imaginarias, no me habían molestado lo más mínimo, y Black Tom seguía durmiendo tranquilamente. Al bajar, comprobé que en el resto de la casa reinaba una absoluta paz. A juicio uno de los científicos que me acompañaban —un tipo llamado Thornton, estudioso de los fenómenos psíquicos— ello se debía a que ahora se me mostraba únicamente lo que ciertas fuerzas desconocidas querían aunque este razonamiento, a decir verdad, lo encontré bastante fuera de lugar.

Todo estaba preparado para empezar, así que a las once de la mañana de aquel día los siete hombres que integrábamos el grupo, provistos de focos eléctricos y herramientas para excavaciones, descendimos al sótano y cerramos la puerta con cerrojo tras de nosotros. Black Tom nos acompañaba, pues los investigadores no hallaron oportuno pasar por alto su excitabilidad y prefirieron que se encontrase presente por si se producían difusas manifestaciones de la presencia de roedores. Apenas reparamos unos momentos en las inscripciones romanas y en los indescifrables dibujos del altar, pues tres de los científicos ya los habían visto antes y todos los componentes de la expedición estaban al tanto de sus características. Atención especial se prestó al imponente altar central; al cabo de una hora Sir William Brinton había conseguido desplazarlo hacia atrás, gracias a la ayuda de una especie de palanca para mí desconocida.

Ante nosotros quedó al descubierto tal horror que no habríamos sabido cómo reaccionar de no estar preparados. A través de un orificio casi cuadrado abierto en el enlosado suelo, y desparramados a lo largo de un tramo de escalera tan desgastado que parecía poco más que una superficie plana con una ligera inclinación en el centro, se descubrió un espantoso amasijo de huesos de origen humano o, cuando menos, casi humano. Los esqueletos que conservaban su postura original evidenciaban actitudes de pánico demoniaco, y en todos los huesos se apreciaba la huella de mordeduras de roedores. No había nada en aquellos cráneos que indujera a pensar que pertenecieran a seres con un alto grado de idiotez o cretinismo, o siquiera en la posibilidad de que fueran restos de antropoides prehistóricos.

Por encima de los escalones repletos de basura se abría en forma de arco un pasadizo en bajada, que parecía labrado en la roca viva, por el que circulaba una corriente de aire. Pero aquella corriente no era una bocanada súbita y pestilente cual si de una cripta cerrada se tratase, sino una agradable brisa con algo de aire fresco. Después de detenernos un instante, nos aprestamos, en medio de un general nerviosismo, a abrirnos paso escalera abajo. Fue entonces cuando Sir William, tras examinar atentamente los labrados muros, hizo la asombrosa observación de que el pasadizo, a tenor de la dirección de los golpes, parecía haber sido labrado *desde abajo.*

Ahora debo ser comedido y escoger mis palabras.

Después de abrirnos paso unos escalones a través de los roídos huesos, vimos una luz frente a nosotros; no se trataba de una fosforescencia mística ni nada por el estilo, sino de luz solar filtrada que no podía proceder sino de ignotas fisuras abiertas en el precipicio que se erigía sobre el baldío valle. No tenía nada de particular que nadie desde el exterior hubiera descubierto aquellas rendijas, pues aparte de estar el valle totalmente deshabitado, la altura y pendiente del precipicio eran tales que solo un aeronauta podría estudiar su cara en detalle. Unos pasos más y nuestro aliento quedó literalmente transido ante el espectáculo que se nos ofrecía a la vista; tan literalmente, que Thornton, el psicólogo, cayó desmayado en los brazos del aturdido expedicionario que marchaba detrás de él. Norrys, con su rechoncha cara totalmente lívida y fláccida, se limitó a lanzar un grito incomprensible, y en cuanto a mí creo que emití un resuello o siseo y me cubrí los ojos.

El hombre que marchaba detrás de mí —el único componente del grupo de más edad que yo— profirió el típico «¡Dios mío!» con la más quebrada voz que recuerdo. Del total de los siete expedicionarios, solo Sir William Brinton conservó el aplomo, algo que debe apuntársele en su haber, sobre todo si se tiene en cuenta que encabezaba el grupo y, por tanto, debió ser el primero en descubrirlo todo.

Nos encontrábamos ante una gruta iluminada por una débil luz y enormemente alta, que se prolongaba más allá del campo de nuestra visión. Todo un mundo subterráneo de profundo misterio y horribles premoniciones aparecía ante nosotros. Allí podían verse edificaciones y otros restos arquitectónicos —con una mirada presa de pánico divisé un extraño túmulo, un imponente círculo de monolitos, unas ruinas romanas de baja bóveda, una pira funeraria sajona derruida y una primitiva construcción inglesa de madera—, pero todo quedaba en nada ante el repulsivo espectáculo que podía divisarse hasta donde llegaba la vista: unos metros más allá de donde acababa la escalera se extendía por todo el recinto una demencial maraña de huesos humanos, o al menos igual de humanos que los que habíamos topado unos metros atrás. Como un mar de espuma, aquellos huesos cubrían todo el ámbito que abarcaba la vista, unos sueltos, otros articulados total o parcialmente como esqueletos; estos últimos se encontraban en posturas que reflejaban una diabólica orgía, como si estuviesen repeliendo alguna amenaza o aferrando otros cuerpos con propósitos caníbales.

Cuando el doctor Trask, el antropólogo del grupo, se detuvo para examinar e identificar los cráneos, se encontró con que estaban constituidos por una mezcolanza degradada que le sumió en la más completa perplejidad. En su mayoría, aquellos restos pertenecían a seres muy por debajo del hombre de Piltdown[29] en la escala de la evolución, pero en cualquier caso eran, sin la menor duda, de origen humano. Muchos eran de grado superior, y solo unos pocos eran cráneos de seres con los sentidos y el cerebro totalmente desarrollados. No había hueso que no estuviera roído, sobre todo por ratas, pero también por otros seres de aquella jauría casi humana. Mezclados con ellos podían verse muchos huesecillos de ratas, guerreros caídos del ejército asesino que había cerrado un antiguo ciclo épico.

Dudo que alguno de nosotros conservase la plenitud de sus sentidos a lo largo de aquel día de espeluznantes descubrimientos.

29 Que después fue una estafa porque ni "eslabón perdido" ni nada. El citado cráneo de Piltdown resultó ser de época reciente y no humano.

Ni Hoffmann ni Huysmans podían imaginarse una escena más asombrosamente increíble, más atrozmente repulsiva, ni más góticamente grotesca que la que se ofrecía a la vista de aquella sombría gruta por la que los siete expedicionarios avanzábamos vacilantes... Íbamos de sorpresa en sorpresa, a la vez que tratábamos de evitar todo pensamiento que se nos viniera a la cabeza sobre lo que pudiera haber ocurrido en aquel lugar trescientos, mil, dos mil o quién sabe si diez mil años atrás. Aquel lugar era la antesala del Averno, y el pobre Thornton volvió a desmayarse cuando Trask le dijo que algunos de aquellos esqueletos debían descender de cuadrúpedos a lo largo de las veinte o más generaciones que les precedieron.

A un horror seguía otro cuando empezamos a ver la luz en cuanto a las ruinas arquitectónicas. Los seres cuadrúpedos —y sus ocasionales reclutas procedentes de las filas bípedas— habían vivido encerrados en establos de piedra, de donde debieron escapar en su delirio final provocado por el hambre o el miedo a los roedores. Por legiones se contaban las ratas, cebadas evidentemente por la ingestión de las verduras ordinarias cuyos residuos podían todavía encontrarse a modo de venenoso amasijo en el fondo de grandes recipientes de piedra prerromanos. Ahora comprendía por qué mis antepasados tenían aquellos huertos tan enormes. ¡Ojalá pudiera relegarlo todo al olvido! No me hizo falta deducir sobre lo que se proponían aquellas infernales bandadas de roedores.

Sir William, de pie y enfocando con su proyector la ruina romana, tradujo en voz alta el más sorprendente ritual que jamás haya conocido y se refirió a la dieta alimenticia del culto antediluviano que los sacerdotes de Cibeles encontraron y entremezclaron con el suyo propio.

Norrys, acostumbrado como estaba a la vida de las trincheras, no podía caminar erecto al salir de la construcción inglesa. El edificio en cuestión era una carnecería y una cocina —justo lo que Norrys pensaba encontrar—, pero ya no era tan normal descubrir utensilios ingleses familiares en semejante antro y poder leer inscripciones inglesas que resultaban familiares, algunas de fecha tan próxima como 1610. Yo no pude entrar en el edificio, aquel edificio testigo de diabólicos rituales que solo se vieron interrumpidos por la justicia de mi antepasado Walter de la Poer.

Sí me aventuré a entrar en lo que resultó ser el edificio bajo sajón cuya puerta de roble se encontraba en el suelo y en él conté una impresionante hilera de diez celdas de piedra con oxidados barrotes. Tres tenían ocupantes, todos ellos esqueletos de grado superior, y en el huesudo dedo índice de uno de ellos descubrí un sello con mi escudo de armas. Sir William encontró una cripta con celdas todavía más antiguas debajo de la capilla romana, pero en este caso las celdas estaban vacías. Debajo había una cripta de techo bajo llena de nichos con huesos alineados, algunos de los cuales revelaban terribles inscripciones geométricas esculpidas en latín, en griego y en la lengua de Frigia.

Mientras tanto, el doctor Trask había abierto uno de los túmulos prehistóricos encontrando en su interior unos cráneos de escasa capacidad, poco más desarrollado que los de los gorilas, con unos signos ideográficos indescifrables. Mi gato permaneció impasible ante todo aquel espectáculo. En una ocasión le vi temeroso subido encima de una montaña de huesos, y me pregunté qué secretos podrían ocultarse tras aquellos brillantes ojos refulgentes.

Después de habernos hecho una ligera idea de las espantosas revelaciones que se escondían en aquella parte de la macabra cueva —lugar aquel tan horriblemente presagiado en mi recurrente sueño—, volvimos a aquel abismo aparente sin fin, de la nocturnal caverna en donde ni un solo rayo de luz se filtraba a través del precipicio. Jamás sabremos qué invisibles mundos estigios se abrían más allá de la pequeña distancia que recorrimos, pues no creímos que el conocimiento de tales secretos pudiera beneficiar a la humanidad. Pero había suficientes cosas en las que fijarnos alrededor nuestro, pues apenas habíamos dado unos pasos cuando la luz de los focos puso al descubierto la infernal infinidad de pozos en que las ratas se habían dado festín y cuyo repentino agotamiento fue la causa de que el ejército de hambrientos roedores se lanzaran, en un primer momento, sobre los rebaños vivos, y después se escapara en tropel del priorato en aquella histórica y devastadora orgía que nunca olvidarán los vecinos del lugar.

¡Dios mío! ¡Qué abominables pozos de quebrados y descarnados huesos y abiertos cráneos! ¡Qué simas de pesadilla rebosantes de huesos de pitecántropos, celtas, romanos e ingleses de incontables centurias de vida no cristiana! En unos casos estaban repletos y sería imposible decir qué capacidad tuvieron en su origen. En otros, la luz de nuestros focos no llegaba siquiera al fondo y se los veía abarrotados de las más increíbles cosas. ¿Y qué habría sido, pensé, de las desventuradas ratas que se dieron de bruces con aquellos cepos en medio de la oscuridad de tan horripilante Tártaro?

En cierta ocasión mi pie casi se introdujo en un horrible foso abierto, haciéndome pasar unos instantes de terror extático. Debí quedarme absorto un buen rato, pues salvo al capitán Norrys no pude distinguir a nadie del grupo. Seguidamente, se oyó un sonido procedente de aquella tenebrosa e infinita distancia que creí reconocer, y vi a mi viejo gato negro pasar veloz delante de mí como si fuese un alado dios egipcio que se dirigiese a los insondables abismos de lo ignoto. Pero el ruido no se oía tan lejano, pues al instante comprendí perfectamente de qué se trataba: era de nuevo el espantado corretear de aquellas infernales ratas, siempre a la búsqueda de nuevos horrores y decididas a que las siguiera hasta aquellas intrincadas cavernas del centro de la tierra donde Nyarlathotep, el demencial dios sin rostro, aúlla a ciegas en la más lóbrega oscuridad al compás de dos bobos y amorfos flautistas.

Mi foco se extinguió, pero no por ello dejé de correr. Oía voces, alaridos y ecos, pero por encima de todo percibía ligeramente aquel inmundo e inconfundible corretear, en un principio débilmente y después con mayor intensidad, como un cadáver rígido e hinchado se desliza mansamente por la corriente de un río de grasa que discurre bajó infinitos puentes de ónix hasta desembocar en un negro y nauseabundo mar.

Algo me rozó, algo fláccido y rechoncho. Debían ser las ratas; ese viscoso, gelatinoso y famélico ejército que disfruta de vivos y muertos... ¿Por qué no iban a comer las ratas a un de la Poer si los de la Poer no se recataban de comer cosas prohibidas?... La guerra devoró a mi hijo, ¡al Infierno todos!... y las llamas yanquis acabaron con Carfax, reduciendo a cenizas al viejo Delapore y al secreto de la familia... ¡No, no, repito que *no* soy el demonio porquero de la oscura gruta! No era la gordinflona cara de Edward Norrys lo que había encima de aquel blando ser fungiforme. Él continuaba vivo, pero mi hijo murió... ¿Cómo pueden ser propiedad de un Norrys las tierras de un de la Poer?... Es vudú, te lo digo yo... esa serpiente moteada... ¡Maldito Thornton, te enseñaré a desmayarte ante las obras! ¡Por los clavos de Cristo, canalla!, te enseñaré a gustar de la sangre!... pero ¿es que queréis que os siga por estos infernales recovecos?... *¡Magna Mater! ¡Magna Mater!... Atys... Dia ad aghaidh' ad aodaun... ¡agus bas dunach art!* ... *.¡Dhonas's dholas ort, agus ¡eat-sa!... Ungl... ungl... rrlh... cbcbch...*

Estas cosas y otras, según cuentan, murmuraba yo cuando me descubrieron en medio de las tinieblas tres horas después. Estaba agazapado en aquella tenebrosa oscuridad sobre el cuerpo a medio devorar del capitán Norrys, mientras Black Tom se abalanzaba sobre mí y me desgarraba la garganta. Pero ya ha pasado todo.

Exham Priory ha volado por los aires, se han llevado de mi lado a mi viejo gato negro, me han encerrado en esta enrejada habitación de Hanwell[30], y espantosos rumores circulan acerca de mi heredad y de lo que me ocurrió en ella. Thornton está en la habitación de al lado, pero no me dejan comunicarme con él. Tratan, asimismo, de que no lleguen al dominio público la mayoría de las cosas que se saben sobre el priorato. Siempre que hablo del pobre Norrys me acusan de haber cometido algo horrible, pero deberían saber que no lo hice yo. Deberían saber que fueron las ratas, las escurridizas e insaciables ratas con su continuo deambular que no me dejan dormir, las infernales ratas que corretean tras los acolchados muros de la habitación en que ahora estoy prisionero y me reclaman para que las siga persiguiendo, horrores que no pueden compararse con los hasta ahora conocidos, las ratas que ellos no pueden oír, la ratas, la ratas de las paredes.

30 Un manicomio.

ÍNDICE